柯璜／编次
柯善文 崔卫道／整理

柯璜手订师友诗录

陳巨鎖敬題

山西出版传媒集团
三晋出版社

出版说明

柯璜先生，浙江黄岩（今属台州路桥）人，别署绿天斋。1877 年生，1963 年逝世。一生投身书画艺术，半世生活在山西，为民国时期著名书画家。先生在山西时期，有感于社会动荡、道德退化，大倡儒家思想，成立宗圣学会，创刊《宗圣汇志》，于山西民治贡献甚巨。日军侵占沈阳，先生愤而撰写《九一八告日本君臣士民书》；之后，又撰《一·二八告全国同胞书》，揭露日军亡华企图，号召国人团结抗日。因此，世人不仅以先生为书画家，且视之为大儒、为爱国者。其时，与先生交往者，率为国内名流，如政界之孔祥熙、阎锡山，艺术界之齐白石、赵铁山，文化界之章士钊、常赞春，等等。友朋交往，时相酬唱。1960 年，先生将友朋所赠诗词一一整理，书写前言，自印流通。现经先生后人再次整理，交付出版。读者不仅可见柯老之交游，亦可见旧式文人之生活状态。著名书法家陈巨锁先生为柯老及门弟子，亲撰序言，列叙柯老行状及请益往事，于了解柯璜先生补益多多。谨此说明。

三晋出版社

2013 年 7 月

黃巖柯定礎夫子肖像

受業馮綸敬題

画家徐悲鸿一八九五年
生於江蘇宜興一九五三
年殁於北京

徐悲鴻畫石刻人像

徐公绘予中外画界
人之景仰 柯璜拜題

回忆柯璜先生（代序）

陈巨锁

展读国家重点图书《中国现代美术全集·书法卷》现代著名书画家柯璜先生墨迹，破目而来，赏读再三，不忍释卷，掩卷而思，浮想联翩。

柯璜先生，年享耄耋，我有幸在先生晚年，亲聆教诲，受益良多，每念及此，先生那神采风仪，便顿现脑海。

1960 年秋天，我到省城读书，初居南华门东四条。一日晨起，在文联小花园散步，忽见一位长者，身材不高，却很壮实，银须飘洒，鹤发童颜，手持一杖，却不拄地，徐徐行来，且将手杖打着圈儿，嗡嗡之音，迷漫花树间。待老先生停止晨练，我趋前致意问候，此老正是我久仰的著名书画家柯璜先生。

柯老住精营东二道街 61 号，距省文联仅百步之地，得暇，我常向柯先生请教书法。进得绿天斋院，花木扶疏，浓荫当户，在宽绰明洁的客厅里，茶烟氤氲，墨香四溢，听先生谈书论画，谈诗词，谈健身。谈到兴致时，便挽袖作书。客厅中，临窗置一方案，我为先生研墨伸纸，老人走到案前，手提楂笔，饱蘸浓墨，略一思索，便乘兴挥毫，口中吟唱，随之起伏，音之长短高下，与笔之顿挫抑扬相呼应，细察之，方知先生所唱之句，正所书之词。先生此习，由来已久，笔者在京曾听苦禅先生所言，柯老早年任北京故宫古物陈列所（即故宫博物院）主任时，每作书，必吟唱，令李先生大惑不解。

一日到柯家，先生午睡初醒，精神健旺，意欲作画，遂展纸调色，未几，一幅《古藤图》跃然纸上，正"奔蛇走虺势入座，骤雨旋风声满堂。"先生以书法入画法，折钗股，屋漏痕，草情篆意，时见笔端，观其所作，自然不同凡响。

柯老颇为他那健壮体魄所自豪，每每以双手紧握圈椅扶手，臀部离座，双腿腾起，作撑空状，且能坚持良久，经我多次催请，老人方肯落座。我不禁惊诧这位 86 岁的老人尚有如此好的臂力，须知这是一生以手握笔的手臂呢。

谈到诗，老人可谓吟咏颇丰，时常将他的近作为我展示，并作认真的讲解。有时也把董必武的诗稿和郭沫若的手札拿给我赏读。在老人的鼓励下，我把拙诗整理一册，呈请先生教削，老人多有褒奖，并在封面上欣然题署了《梦石诗草》。然而此作，在“文革”中已付之一炬，所幸柯老的题签我保留了下来，每当我见到此签条，不独忆起了柯老，也使我怀念那多次为我修改诗稿的罗元贞先生。

1962年秋天，《山西省首届书法篆刻艺术展览》在博物馆开幕，参观后我题留了拙句，有人撰文摘引后，在《山西日报》上刊出，柯璜先生看到“柯老变法出新意，童叟铁笔健有神”的章句，很为高兴，立即将报纸转我一份。同年我将在学校所临的唐代孙位《高逸图》（局部）请先生指导，老人颇为赞许，并希望我能为他画像，还将他的两张近照赠我，愿作参考。同时出示了凤先生（吕凤子）为他画像的砚台刻石，那刻工便是苏州刻石名家黄怀觉。郑逸梅先生在《文苑花絮》中曾撰长文予以介绍，有句云：“1954年，（黄怀觉）赴泰州，刻烈士碑。又刻吕凤子所画，柯璜题字的列宁像、孙中山像、鲁迅像，石藏山西太原迎泽宾馆，拓片在上海《新民晚报》上发表。又刻了齐白石像，柯璜像等。”据我所知，黄怀觉还刻了柯璜先生所书毛泽东诗词十七首，柯老曾将部分拓片赠我，那油光可鉴的乌金拓和笔走龙蛇的章草书，曾是我一度心摹手追的范本。

1963 年 87 岁的柯璜先生仙逝了，党和国家领导人周恩来、董必武、陈毅、李雪峰、郭沫若等同志送了花圈，在省公安礼堂召开追悼会时，我和赵延绪老师共同送了一幅小小的挽联，以寄托我们的哀思。

柯璜先生，字定础，因名所居曰绿天斋自号绿天野人，1877 年生，浙江台州路桥人。清北京京师大学堂（现北京大学和北京师范大学前身）毕业后，即来山西任教，是山西大学堂早期的年轻的名师，1917 年创办山西省博物馆、图书馆任廿年馆长。在山西倡办了“三晋中学”、“尚志学校”、“养正小学”及山西“拒毒会”和“天足会”等文教和公益事业。

1931 年“九一八事变”，柯璜先生拍案而起，先后撰写《九一八告日本君臣士民书》和《一·二八告全国同胞书》，痛斥日本军阀无耻阴谋，侵占我东北，号召全国军民团结起来，共同抗日救亡。并书写文天祥《正气歌》四页屏，刻石朱拓，分赠北方将领和知名人士，以书法为武器，激励抗日救国。在抗日战争中，他书写多篇抗日诗文，其中有《豕人骑狮预言歌》、《河山老人恢复失地预言书》和揭露日寇屠城暴行的《抗战见闻八首》等，刊登在于右任主办的《抗战诗坛》等报刊上，并刻印传单发往敌占区，实践他“三尺铜管时长啸，也是毛锥也矛戟”的誓言。当河南黄河决口，难民流离失所，先生在重庆、成都书画赈灾义售，将所得全部捐献，时人作诗称他“一纸应同老郑虔，饥民施惠万万千”。

柯老还在四川倡办“蜀中美术专科学校”和“敦义农工学校”。还书写了弘扬传统文化，振奋民族精神的《人生基础哲学》和鞭挞汉奸丑类的《历代权奸传》。时人有诗赞云：“门前桃李成材众，笔底龙蛇布阵忙。”

四川解放后，先生应邀出任重庆市人民委员会委员，政府监察委员，重庆文史馆馆长，西南大区美协主席，全国政协二、三届委员等职。

到50年代中期，先生又返回山西，终老太原。山西无疑是柯老的第二故乡。先生书法以阁帖为基础，自由挥洒而不离法度，晚年回归章草，朴茂天成，敦厚淳古，片纸只字，为人所重。1975年，我在苏州造访费新我先生，谈及柯璜老人，费老甚为钦慕。归晋后，将柯老为我所书毛主席长征诗六尺横披转赠新我先生，费老自是感激不尽。1989年，我在舟山，市政协王亚同志也是黄岩人，谈及他的家乡尚无柯老墨宝，我又将所藏条幅捐赠。在乐清雁荡山，曾见柯璜先生所题“燕尾瀑”摩崖石刻，每字高4尺，沉雄壮阔，气度轩昂，为先生60岁以前之佳构。在成都杜甫草堂，观先生所书杜诗数首，苍古高雅，已见晚年书风之端倪。在泰山等地，亦多有书画手泽，正所谓：“于今三绝诗书画，胜地名山到处悬。”我藏先生书画，尚有条屏、手卷、花木、山水，偶一展玩，老人便会徐徐步入隐堂中来，我则静听那先生的教诲，蔼蔼然，如沐春风。

作者简介：

陈巨锁，别署隐堂。山西省原平市人，1939年9月生。

现为国家一级美术师，国务院特殊津贴专家。历任中国书法家协会第二、第三届理事，山西省书协第二、第三届副主席，中国书法家协会评审委员会委员，中国书协书法培训中心教授，《中国书法》杂志社书法刊授班导师，山西省美术研究会副会长，山西省山水画会副会长，山西省诗书画印艺术家联合会副主席等。

所作书画作品，数十次参加国内外重大展览活动，并多次举办个人书画展。有《隐堂散文集》、《隐堂随笔》、《隐堂琐记》、《隐堂师友百札》、《巨锁墨迹》、《陈巨锁章草书元遗山论诗三十首》书法长卷，《陈巨锁章草书金刚般若波罗蜜经》线装书等多种出版物行世。

序　言

丁丑岁，璜周花甲，适居晋卅载之期。古人以三十年为一世，师友拟赠诗以纪。远近相继，宠赐佳章，都四百余首。明年七七寇起卢沟，编录不及三分有二，而大同陷，烽火逼太原，避兵平遥，身外几无长物，师友诗笺墨迹尚随以走。不几日，太原又陷，仓促南行新绛，所有笺迹渐未克相从，其已编之稿，挟之渡河，从此四方师友，消息阻绝，流离存没，传闻异辞。既佚诸篇，一时不可复补。虽琳琅珠玉，次第之投，虔诵咸几过；然乱离情绪，不复一一记忆，笔出者，暂付阙如。兹于遗存各篇，及入蜀诸友近赠，集成三百余章，权以缮印，时存案右；暮云春树，屋梁落月，故旧声音颜色，如亲晤对；且借盛情奖饰，以自警励。夫人生十岁以前，怙恃父母蒙养，十岁以后，由壮至老，皆由师友提命，会文辅仁，鼓舞教益，以玉其成。况现今世界，朋友之道，尤所注重。尝谓今日缩地缩时，天涯咫尺，他山之谊，更当切偲相攻磋。且不特友与友交情，而国与国交际，学与学交流，族与族交通，日进融洽，亦未有以歌诗赠答，矫其酒食征逐，势利结纳，博弈酬应之弊，由文字进于道义，其亦当世有心者所乐与。抑又有言者，击壤之歌，递为雅颂，雅颂变为国风，国风降为汉魏六朝，汉魏六朝，转为唐宋，迄乎末流，演成明清试帖。淳漓演变，一循其运会，自然趋势，未为矫正。古者比兴之思，发于无邪，文义相生，大都叙述社会风俗，政教情况，男女朋友宴会，交欢礼节。晚年吟咏，大都陶冶情性，而于寄慨宇宙风云，山河月露之外，道及友朋赠答，昔日原始和平，敦厚风规，隐隐存焉。则此几卷，可谓硕果之存。世之言诗者，摅怀旧蓄念，发思古幽情，欣然将有以复其兴观群怨之诗教。然则右列诸篇，岂徒为投桃报李，感旧怀人之记载也耶！

一九六〇年一月十九日　柯璜谨识于太原绿天斋

目　　录

绿天斋师友赠诗录

江翊云先生　名　庸

五　古

学人晚作画，不屑为画师；磅礴万古胸，惟吾笔所之；
习画先读书，木堂语不欺；展君绿天集，濡墨何淋漓；
枯木间瘦菊，浓叶兼粗枝；有如渥洼马，不受黄金羁；
又如越溪女，毋劳朱粉施；君画不在画，自写胸中奇；
想君兴会到，掀髯奋笔时；物我已两忘，遑问知者谁。

刘灵华先生　名仁航

五古三首

黄岩柯定础，侠骨而儒行；慷慨急友义，周旋近人情；
卅载宏教学，交游海内英；怀抱匡时略，愿致天下平；
才大无用处，乃以字画名；草书走龙蛇，或怪如山精；
或妙如仙子，绰约戏瑶京；纸上风云起，锋尖鬼神惊；

挥毫且高吟，如叱霸王兵；已有羲之鬼，唐人不敢争；
铜笔三斤重，百联一日程；笔架悬矛槊，磨墨机丁丁；
进化迈前古，助君王笔城；近年复作画，泼墨一气成；
点画皆悬腕，搏兔狮力弘；咄嗟四座上，花开鸟欲鸣；
人工移造化，时行百物生；张颠与倪迂，君乃一手并；
同住逾五年，道谊如弟兄；我素观空幻，大千亦毛轻；
君治博物学，解剖悟人生；爪痕留地壳，滴水在沧瀛；
惟值未死前，应伴草木荣；至今三晋士，家供定础名；
美艺亦教主，元神游太清。

与君并门别，八度改寒燠；我登须弥山，扪天访佛箓；
乞灵观音水，超度雄匪戮；坤化静海波，新造五大陆；
飞来太行邮，高风共颂祝；旧梦忆古唐，文庙念花木；
兰桂欣以荣，桃李丰且熟；羲书摩诘画，日销墨几斛；
石庵老更成，何忧中书秃；（曾涤生云：“刘墉作字亦晚始进步。”）手运阴阳精，华发三晋屋；
美神夺化工，醉饱荷天禄；此境即地仙，岂复羡金谷；
我亦有本愿，桃园图一幅；大同道之行，讲信共修睦；
天下现太平，乐园不闻哭；日长如小年，共写黄庭牍。

嗜书如嗜酒，神解希知音；天真自烂漫，何居事钩沉；
环中与象外，绝无尘凡侵；朅来腕底鬼，纤巨胜其任；
恰好传兰亭，遗形写来禽；欲书皆偶然，岂等刻舟寻；
肇祖周猎碣，渊源汉范金；墨华发绚烂，贞石刻划深；
昔诉共探赜，升堂瞻孔林；摩挲不能去，古色撷衣襟；
君独披玄奥，挥洒疑龙吟；漫许此中人，来弹钟子琴；
云烟出毫素，昕夕乐相斟；得意两如忘，咏怀千古心。

梁漱溟先生　以字行

五　古

柯子天下士，心与古人期。龆齿承家学，懿德启秉彝。
复通五千言，知雄能守雌。大本卓然立，毕生不游移。
成年励远志，挟策上京师。名宿齐頫首，讶此鸾凤姿。
厄运遘阳九，国事不可为。譬病入膏肓，和缓术焉施。
湮留三数载，惆怅欲何之。晋阳金兰侣，弓旌来陈词。
促君早命驾，用慰契阔思。驱车过太行，曲折峻岅驰。
群贤相砥琢，风义兼友师。咫尺依宫墙，采芹乐泮池。
洗心以名社，存诚祛其私。克绍河汾绪，遥踵涑水规。
八表正昏霾，一纸腾朝曦。或联柏梁句，亦睹橘叟棋。

满壁画虎头，泼墨学米痴。依仁兼游艺，以此天和颐。
不作长沙赋，不采灵均篱。剥上成硕果，迩可远在兹。
自我睽风采，明月几盈亏。一时作尺素，中媵八首诗。
温柔敦厚意，元音三百遗。浣薇回环诵，爽然沁心脾。
我亦胡为者，悯此蚩氓蚩。愿以所研悟，携引就通逵。
腾说口成痡，涉跋足为胝。杨氏悲歧路，墨翟叹素丝。
非敢方前哲，行吾心所怡。顷自平津归，会将赴峨嵋。
与君动静殊，心境总等夷。何当图良晤，高谊共切偲。

江希张先生　字慕渠

五　古

洋洋黄河水，尼父临未渡；今君述往圣，太行巍师傅；
半生研民物，风声自足树；两世有神交，天涯时仰慕；
愧我不学诗，聊以短章祝；道比日月明，寿同金石固。

赵铁珊先生　名昌燮　字铁山　省　斋

五　古

吾交柯夫子，岁纪在癸丑；既见益倾心，并垣频聚首；

温然见天真，谦𢕟无弗有；始交属文字，契感敬能久；
居晋三十年，任事莫或苟；人道愿扶持，婆心泻苦口；
躬亲大学师，循循称善诱；友尽天下士，学术中西剖；
吾徒惭局促，相形若培塿；君深嗜书癖，于吾亦有取；
挥毫日万言，墨每需一斗；年来更作画，丹青渍两手；
淋漓肖云烟，夭矫龙蛇走；盛气趋笔端，奥妙工运肘；
我自用我法，群论任好丑；苦铁与梅庵，讵皇穷所受；
乐事期赏心，适适儗蒙叟；寝馈一于斯，迷离如中酒；
草法源芝旭，十已得八九；书能见性情，并可卜君寿。

刘汝贤先生　字鞠波

五　古

秋水溯伊人，天涯渺邂逅；一日游河汾，棂星喜相觏；
笑揖神交欢，不余武人陋；从此密往来，殷勤如婚媾；
有时道人生，俯仰根宇宙；有时慨人道，语语机缄透。

君子强不息，终日事干干；时以念民物，到处有情天；
砥柱崎中流，峥嵘障百川；休休融人我，蔼蔼浩且渊；
眉宇开奇逸，真人天际边；谈理玄物性，瞻瞩遗埃涓。

生世百年内，预言千万卷；尝谓六书体，他日普人人；
又谓东方化，不日遍尊亲；国际任甸域，人情不越秦；
貉道有非义，天心总是仁；弄潮偶澎湃，不远想原民；
神机彰变化，一一本前因。

语录绿天斋，公理皆铁案；两间对象律，分明说灿烂；
贻我此新书，置之案枕畔；深省发良知，不厌百遍玩；
后生读此书，功倍事只半；综合数万言。天人皆一贯。

卅年尝苜蓿，霜菊寄东篱；广厦空庇士，小儿推残碑；
新民忧巨细，古庙乐棲迟；长才忘在御，断褐不辞卑；
欣欣独来往，咄咄如愚痴；志士岂如是，心事知者谁。

华夏有斯人，斯人长如晦；及身安寂寞，何恤名千载；
有胸藏甲兵，有笔染翠黛；催租时败兴，抱膝终忍耐；
举选云尚公，念此焚五内；安得置当路，文教襄一代。

闻道此邦人，礼贤先我志；我适滞征途，举觞独不至；
遐迩赠篇章，我又无一字；耿耿不可忘，云胡不坿骥；

敢以写我心，遑恤乖时思；道君能万一，平生亦快事。

常子襄先生 名赞春

五 古

天台雁宕间，自昔夸名胜；神秀所钟毓，岿然见柯定；
昔从太学游，璞剖而见荧；继为并门依，都讲名允称；
荏苒卅年中，竞竞矢笃行；闳议播谈瀛，苦心具宗圣；
去岁纪念时，佳篇迭投赠；我陪诸公末，亦举一觞竟；
今春庆周甲，且为画幅媵；我想寿以诗，奈涸吟哦兴；
举笔寻复停，久愧虚酬应；草书君能耽，波涛自澎湃；
余兴作丹青，挥斥破意械；时人鲜真识，往往滋骇怪；
但局北碑书，宁识北帖派；汉代张伯英，精熟骋骏迈；
有唐旭与素，渊源信沆瀣；君独契其微，蜷科而倒薤；
藤蔓并夭斜，均表意所快；神完心自怡，天倪轶尘芥；
赪颜如沃丹，绝异衰龄届；治君汉瓦当，称祝有佳话；
益寿而延年，窃效芝山拜；较胜蝯叟诗，响拓徒增喟；
即事且为吟，恧颜谢宿债。

景太昭先生　名耀月

五　古

黄岩一仙客，风吹坠人寰；扶摇下太行，暂寄三十年；
郎署亦陆沉，幡然弃其官；西河继卜业，于情任所便；
圣此睿与哲，泥彼冕与轩；代耕比禄士，全德于兹全；
守贞握太璞，骜道以悦天；不激而不随，缮性充其完；
逍遥万物表，意得恝靡言；悟此超妙理，斯处杜无端；
恬嘿遗适莫，世嚣心则玄；古调自幽抱，不落众俗弦；
寂寞所能甘，何道不为欢；虽云骥任德，天步谅难闲；
至人与物忘，童豹相与旋；头发何鬅鬙，丹朱有少颜；
老木著初华，妩媚一何妍；智珠蕴运寸，不威复不燔；
翰墨与丹青，翱戏得怡然；本尔不希得，何用忘其筌；
华夏弥多故，外内日交煎；海沸何渎热，澹定冀无缘；
熬劳亦虚忧，此国殆忽焉；清宁御庶物，理易事独难；
谁通休息理，笃恭世道平；激越起怀人，肺肝为之寒；
宁得卜贞吉，素履永无愆；高蹈避一世，处斋息丘园；
屈信居龙蛇，不惠不夷间；散情养大拙，应物靡不娴；
于事在贞固，讵用破其顽；澹泊以宁静，依隐葆贞坚；

烈熛鸿游中，世患勿能干；升降理齐一，何所慕腾骞；
蓬累与舆载，不动寂与喧；达塞飞沈外，逐遇获其安；
守怀不婴物，俯仰足达观；解此探所执，其用无由殚；
感发畣清章，庶以娱幽间。

君居太原文庙饲一金钱豹，能手摩令之左右旋滚游戏。

景梅九先生　名定成

五　古

并州作故乡，始意所未料；一住三十年，空思旧游钓；
结交遍晋阳，忘年兼老少；颖俊材艺多，学书得体要；
章草既能神，丹青亦入妙；得心而应手，挥毫歌且啸；
曾主清故宫，宝蕴窥全豹；对予述誓言，从此却玩好；
若存一珍奇，当被等闲诮；还我清白躬，耻为监守盗；
归理万卷书，南窗容寄傲；富贵拟浮云，功名比水泡；
志愿在大同，所重惟人道；亲挹唐虞风，献章征典诰；
诸经日月光，群碑萤大耀；为文质英豪，条理登广告；
海内几知音，天涯有同调；大度实能容，终身无嫉娼；
济众喜施与，生儿贤相肖；迩时遇在秦，不断承雅教；
屡受琼瑶投，愧乏瓜李报；记念鸿文来，喜极发狂叫；

勉强缀俚词，略写素怀抱；旧雨未易忘，北平马神庙。

崔文征先生　名延献

五　古

吾友柯夫子，相交三十年；少余方两岁，周甲健如仙；
君少本多疾，初来苦神倦；熟知届六旬，返觉身逾健。
迩来更矍铄，返老如还童；朱颜且绿鬓，玉面而方瞳。
不爱做官吏，结交惟诗侣；当道咸推重，名流悉推许。
好道不静坐，好佛不参禅；不装假理学，儒者相睟然；
问君修养法，何法以致此；君言有三端，行之效莫比；
第一在写字，立写不坐书；全力注笔端，气足神亦舒；
铜笔三斤重，日提时六点；可以养心脑，可以养吾胆；
古今多书家，书法竞相参；写字以修养，前人却未谈。
第二在食眠，食眠亦有道；食固须选择，不劣亦不好；
食必有定量，多少无参差；食必有定时，毋使早或迟；
晚以十时眠，晓以黎明起；日日必如斯，年年亦如是；
眠时若不宁，背诗俗虑捐；或默诵至圣，当时即安眠。
第三在乐观，欢喜无烦恼；有时或不愉，须臾即可了。
以此三者法，修养皆有功；君既告我毕，使我开愚蒙；

我老且多病，养身亦自勉；听君修养法，益我良非浅；
此法足传世，勒石为模型；君亦有斯志，我愿促其成；
羡君岁寒恣，愧我瞠乎后；待到古稀年，再祝七旬寿。

陈硕康先生 字夕康

五 古

故乡江南北，同为天涯客；日月嗟如梭，何堪问今昔；
君夙披鹿裘，苏门寄高迹；在涅能不缁，匏系焉求食；
瑰词吐夜光，光如玄圃璧；青缕绾一束，何数文紫赤；
拂素毫欲飞，五云朗历历；丹凤翀九霄，怒猊渴抉石；
虽非冀北人，久筑辽东宅；先予一年所，毵毵满头白；
胡马偎朔风，相思解相怡；安得乘宾鸿，偕君返南国。

刘耀黎先生 名文炳

七 古

丁丑先生歌 有序

公元一九三六年一月，立春后，为黄岩柯定础先生耳顺初度。先生光绪丁丑生。汉武正朔，以丁丑为黄帝初历，改元太初，生于其年者，便于知历之准。今欲知人论世，凡千古生于丁丑者，当为全人类六十分之一。然能于中国书史考而得之者，只自魏晋以下，至清嘉庆丁丑止，得五十人。更于其中撰秀眉耄耋，及人品造诣为先生所兼有之者十四人。爰作歌以为寿。世有郑奂，将列图千古耆英，而殿先生则如何。

二月春初岁丙子，我与东坡同其始；
明年丁丑公生年，古有寿者开其先；
健峻勤劳陶士行，羲书险劲唐率更；
守正不阿朱光庭，句曲外史书画精；
挺立介特黄晋卿，青萝词客徐长兴；
松崖大义串群经，芗林诗骨秀亭亭；
秋农论议平于衡，丹始朴约砺平生；
高僧四皓首道英，法顺巨岷彻如莹；
鬖鬖鹤发莲花青，慧琳八十健于彭；
内外训诂一切明，千有余年真契合；
矧与先生为同庚，回忆大学戊申首蓿侣，
北邙一一隐康成。
灵光四柱巍然在，公我孚若与子澄；
风雨玄黄天地剥，中原板荡谁澄清；

兴来白发照樽酒，□起太行接赤城。
龙蛇挥洒云烟活，藤花荮荮紫纵横。
我来愿与古为徒，无计写作香山图；
持此寿公兼寿国，为向天台赋山呼。

王幼航先生

七　古

海内论交柯敬仲，屋梁月落时入梦；
即今秃鬓两衰翁，晋北燕南共吟讽；
忆昔水精争教宗，举国蜩沸竞相閧；
惟君卫道金石坚，余亦遥起与引控；
宣尼风德虽未衰，大禹驹阴如飞鞚；
缅昔耆旧今几存，并州倦客独超众；
寥落行踪三十年，旧游回首渺如烟；
居易声华称教主，裕之身世著诗篇；
棲迟此日仍为客，尘劫能经便是仙；
秋晚行吟汾水畔，春深修禊晋祠前；
辽东避地思根矩，汉上登楼笑仲宣；
宾至如归自古云，推襟送抱乐陶然；

嗟乎人生所贵适意耳，俊气如君颇可喜；
结邻获傍狄梁公，宗圣况乃得所止；
危时仕隐无遗议，晚岁行藏肯自甗；
汇征纵未茅连茹，迁地宁虞橘变枳；
惟思黄岩山水天下奇，胡不怀归乃滞此；
杏花时节不报到，江南春雨空延跂；
不知达人所见无区分，吴越晋楚何纷纷；
世事本来如露电，游踪讵必论星文；
掉袂名场皆乐土，况兹蟋堂旧俗尤勤俭；
杖杜饮食望适我，山枢钟鼓足乐群；
惠远祠边好明月，介推山上多白云；
凡此一一慰旅况，何必会稽返探禹穴坟；
自古名人胜地相附丽，我屋公墩有前例；
梅福逃名吴市门，召平退隐东陵第；
浣花里因杜老显，沧浪迹为舜钦系；
敬亭若无谢宣城，大好山川坐凋敝；
乃知人杰地有灵，客里云山资点缀；
寓公行踪不寻常，焉用区区叹留滞；
噫吁嘘冠盖于今盛晋阳，就中柯子独老苍；
官职声名早入手，家学三绝传奎章；

千首新诗百壶觞，好书好画汝擅长；
天末交期应念我，轻缣细绮远相将。

七绝四首

廿年不见柯生面，乌帽微歌验鬓丝；
记取南溪辛老子，天涯耆旧几人知。
笔床茶灶足生涯，到处天随便是家；
不向何门更低首，醉看泼墨写龙蛇。
十字街头老客居，宫墙敬仰喜何如；
寓公第一留佳话，莫使南村独著书。
（十字街太原巷名见《北史》，陶南村，天台人）
饭颗不妨嘲杜甫，河汾绝学绍来无；
榛苓彼美如相念，应识今吾即故吾。

刘豫波先生　名咸荣

七古二首

大道之行天下公，尼山千古仰儒宗；
祖述尧舜立人极，河流顺轨靡不从；
国本安危视诸此，得之则生弗得死；

援之以道非以手，天秩人纲此枢纽；
贤哉愤世柯先生，发扬人道宏其声；
当时孔席何尝暖，心孔之心行孔行；
光华日月同中外，消尽腥风血雨现太平。

定础先生来成都，翘望高躅同钦慕；
有如道子画，山爱嘉陵青；
有如右军书，虎向凤阙卧；
诗从鸿爪印泥留，笔自苍岩雪中破，
书画一律皆化工，方之故人不是过；
君不见伏波老据鞍，先生闲拂案；
砚池浅水照苍颜，从知世乱心不乱；
毫端流露读书多，点染乾坤思过半；
又不见杜老妙题双松图，挺然放笔为直干；
读书读画心神开，才识庐山之真面。

七律三首

遥遥天末寄遐思，一纸书来日影迟；
山气静凝仁者寿，道心春暖圣之时；
新陈龙虎争成劫，上下鸢鱼妙入诗；

不尽老怀宏救世，画师面貌骨人师。

抱朴有言重天朴，朴园诗画贻子孙；
渊云勉入东西室，邹鲁应开辟阖门；
自乐优游新岁月，还须润色古乾坤；
更从万卷缥缃外，圣语书绅道独存。

学圣工夫复性初，案头论语治平书；
关怀泗水常思鲁，大道干城尚有儒；
白发春风人共老，青天皎月德非孤；
芙蓉绕郭同欢笑，心地桃源剪秽芜。

刘允丞先生　名守中

七　古

天台雁宕丹邱宅，三绝家声夙心获；
忆从郭子得交欢，邂逅河汾成莫逆；
频年君喜守宫墙，我为东西南北客；
地角天涯会面难，鱼鸿秦晋何曾隔；
君似闲人闲里忙，老至云尔无驹隙；

晚来万派从西来，宗主平生守邹峄；
十年大事遐迩传，万国他时应重译；
安危国事亦关心，慷慨万言有奇策；
东海鲸鱼拔浪来，潮州韩愈文章斥；
春秋大义发冲冠，蚩雾阴霾当辟易；
自君书画见神奇，到处知音走相索；
君是恢恢物我忘，亲疏远近人人掷；
一日见君正临池，八怪传奇貌怒吓；
铜管三斤逸兴来，仰天大叫訇雳霹；
几升水墨散云烟，顷刻百联成杰作；
有时运臂声呜呜，有时音节谐琴拍；
卧虎惊蛇百态生，绝岸颓峰下坠石；
书家今古入陶镕，酷肖钟肥非柳瘠；
宾朋绕砚旁无人，字里行间皆狼藉；
神龙忽变挂老藤，藤蔓纵横天地窄；
蕉茎枝叶出天然，松菊氤氲都点化；
闻道太原色即空，洛阳纸贾价什伯；
家家认得绿天翁，玉轴装成若拱璧；
尽日挥毫能十时，苍苍海鹤面赭赤；
自云此功亦嗜好，三十年来养成癖；

又云炼笔是炼心，有志青年喜亲炙；
燕云桃李遍春风，廊庙山林甘小谪；
成蹊槐荫碧满天，森森种遍柯亭柏；
地行仙寄小桃园，天外举头岂跼蹐；
我交君久知君心，细写君心舒我责；
只惭子固不能诗，痒搔不着赞何益。

尹止园先生 名昌衡 字太昭

七 古

我隐西山中，种树以为肄；
三年不入城，今夏偶一至；
至都无他喜，喜见二三事；
一为柯君定础书，飞鸿由晋来成都；
快闻老友年德劭，使我跳跃三百余；
昔时鱼雁互不绝，讲学论道文如珠；
自从返蜀十六载，不识此老存与无；
此老气类相感毓英隽，卅载寄晋情咸孚；
满门桃李皆将帅，洗心学社夸名都；
一洗河水多豪俊，再洗幽并民困纾；

人心涤净物自泰，遨之岷麓一洒法雨民咸苏；
仰止泰山心何已，长歌一曲差鲤鱼；
将此俚辞达晋地，远望定础来成都。

释力宏法师

七　古

我脱儒冠归佛陀，闻君六经百家诸子富研摩；
清季名列部郎冠巍峨，不肯俯首折腰春官科；
愿敛鹏翼居晋久，骚人词客皆老友；
君之学问文章书画臻绝顶，文人学士齐颡首；
我在千寿寺中辟蒿莱，蒙君下顾惠然来；
斗柄回寅春风扇，朗月入怀茅塞开；
惟是真儒始学佛，性体不明何由解纡郁；
聚讼不休二千年，凭谁刚断伸其屈；
君能不避佞佛名，倚天拔地破空行；
识得真心是妙明，解决儒家万古争；
圣人誓愿来教化，光明照破万古之长夜；
君之点画皆有神，洗尽尘缘结道因；
走云连风伸手摘星辰；居晋三十载，远近咸德薰；

非仅来问字，求书求画日纷纷；门限屡易铁，
笔冢累累骇听闻；日昃不遑食，头童不倦勤；
山穷水尽处，妇孺且知君；
太行山高汾水长，先生之德使人怀允不能忘。

高作宾同学

五　古

卓哉柯夫子，贤哲以为期；胸襟常荡荡，无忧心自怡；
融会群经理，深明道在斯；诲人本此旨，用以觉后知；
学术不妨博，道仍遵宣尼；虚怀常若谷，岂屑较雄雌；
玩其龙蛇笔，令人讶神奇；此中关天授，力学恐难追；
感怀训诲德，悠然动遐思；若吾恩师者，正大何忸怩。

世风日益坠，人心愈险恶；爱钱如性命，视经为糟粕；
吾师以义衡，无适也无莫；丹青何入神，胸中具丘壑；
兴来随意写，气象愈磅礴；书画犹余事，德行更足恪；
所以朋侪中，借石攻其错；忠信以感人，机心自不作；
贲育失其勇，纵横家结舌；问何情至此，总因系忱热。

鲰生当少壮，志亦在四方；重行入大学，喜得列门墙；
登堂授动植，辞气不矜张；循循以善诱，四座领风光；
春风育桃李，爱戴诵甘棠；孔教大事记，乃见大文章；
欲窥室家好，先升君子堂；俨闻佛说法，如愿以相偿；
犹行山阴道，迎接实来遑；询师何所嗜，节届为花忙。

名利关打破，吾亦乐真吾；兴至览名胜，偶尔步郭郛；
诗书闻政俗，宗庙识琏瑚；人生非金石，也要及时娱；
遨游乎山水，栖息于桐梧；图书任博览，不拘拘一隅；
文章读周汉，性理遵程朱；人一己千百，庶几启我愚；
果能尽此道，自无贤否区；先民成覼曰，彼我皆丈夫。

七　古

陶爱菊，周爱莲，两人气骨似神仙；
先生俨有此风格，熟视名利如云烟；
醉后挥毫追草圣，醒来任意览陈编；
百家科学乃所好，精粗哲理亦潜研；
参禅煅成清净性，宗圣养到中和天；
遥集众长熔炉化，行看混混如源泉；
品当金玉拟，心似铁石坚；

若非志同与道合，三顾三聘岂趋前；
处世大笑南柯梦，百岁光阴果几年；
道为路，觉为先，本此精神分仔肩；
兴逸吟哦写寄托，闲来书画陶心田；
一任世间，皆曰利，到处众说纷其传；
还是父慈子孝兄爱弟恭师严友信，此道最不偏；
我甘毕世作迂儒，长得信仰夫子拜圣贤。

葛均甫先生　名御风

七　古

黄岩夫子柯定础，温良恭俭人易与；
大隐并门三十年，巍巍黉舍作逆旅，
涵溶独得性情真；满园花鸟见精神，
遍栽桃李千百树；仿佛江南一段春；
草圣名高世共传，兴来把笔狂而颠；
怒猊跑河龙蛇蜒，吾道一贯法身然；
有时取意弄粉墨，草木奇恣随手发；
粼粼岩石傍孤松，袅袅藤萝挂秋月；
五载我从夫子游，夫子岂真隐者流；

大同之世可望不可及，书邪画邪聊以解心忧；
君不见兴国万言书满册，反复叮咛喻顺逆；
天下兴亡匹夫责，岁寒然后知松柏。

孔芸荪先生

七　古

黄岩处士柯先生，海内学者尽知名；
会通群籍识时务，六书章草尤传精；
在昔读书小樊山，心契晦庵存至诚；
临池神往羲与献，九华峰上时游行；
富贵浮云收眼底，情怀不屑官居京；
米家书画一船载，游踪到处莺求声；
为爱桐封风俗古，人才辈出多奇英；
驾言莅止不忍去，儒珍席上争欢迎；
于时太岁在丙午，月维癸未日后唐；
桃园乐国得所值，实始家乡第二营；
未几何年清政失，革命群雄起义兵；
共和易帜本初出，筹安一会滋乱萌；
大愚复辟继消灭，北洋军阀随专横；

自是中原益多事，南北对峙成敌劲；
儿辈仪秦中起衅，直皖直奉生战争；
豪雄执戈操同室，朝为仇仇暮同盟；
何幸统一告成功，党派又分左右倾；
东邻小儿狭思逞，傀儡犹思孺子婴；
辽东处处肆吞并，势如海上上长鲸；
似此卅年丁厄运，人生多少供牺牲；
试问生存斯世者，几人能得享安平；
喜君一席皋皮座，遁世闲闲吉且贞；
理乱不闻亦不问，北学文教勤修明；
年年绛帐春风里，李桃嘘植门前盈；
经济文章各有用，瑚琏器使皆国祯；
游归曲阜叹观止，社结宗圣修旧黉；
祀事孔明礼乐备，如睹于墙见于羹；
书城八面齐大开，名物中外资品评；
余事尽翻唐王案，解放妇女效收宏；
有时闲观晋祠水，难老泉边清濯缨；
或登西山看红叶，文瀛湖畔吟阴晴；
两三好友过相访，灯窗竹影摇棋枰；
征文考献与史地，尚论迂腐并左盲；

得间便自理常课，砚为良田笔为耕；
出入三体兼二妙，挥毫落纸云烟轻；
活泼江流如回转，挺拔山势立峥嵘；
怒猊抉石急雷奋，渴骥狂奔泉水泓；
鸿飞鹤舞随起蛟，宛如画龙忽点睛；
虬松之姿见遒劲，钟肥柳瘦美毕呈；
长安市上纸增贵，笼中双鹤时来鸣；
五云尺幅得者喜，锦囊玉轴光晶莹；
尝云炼笔即炼心，心静殊无俗虑萦；
绿天深处自有乐，纷争之事何干卿；
相彼名利热中者，无聊日日坐愁城；
何如此老性恬淡，无怀葛天为遗氓；
优游今岁复明岁，遑计星霜几变更；
此福修来原不易，应浮大白连十觥；
溯余自从辛亥岁，与君同侨寄古并；
得君大笔深景慕，况登龙门许识荆；
戎马余闲会相晤，习闻妙谛传鹄正；
上追唐宋至汉魏，宪章祖述都有程；
一时座上客相嬲，大呼草堂开酒罂；
一醉一笔下数幅，十时计过万解酲；

是时先生真得意，颜光鬓影摇寒檠；
观者如堵皆叹赏，拍案叫绝声喧轰；
却惭劳人事草草，风尘奔走东西征；
昔虽此道亦有好，涂鸦到底嗟无成；
光阴忽忽逾卅载，须发空添白数茎；
功名未立学未就，回首不觉颜为赪；
近喜柯亭诸相识，为君纪念筵开琼；
广征诗文并书画，琳琅佳什搜文瀛；
拜观赐书江诗碣，综合诸体成结晶。
从知此石（下散阙）

孔德成先生

一九三六年为柯璜《绿天斋书画初集》题诗

七　古

太行之西有遗叟，陶情翰墨称国手。
铸辞恒作金石声，下笔辄驱龙蛇走。
李杜文章钟王法，寝馈功深胎息厚。
愿为国学绍薪传，岂与墨客竞妍丑。

斯文惧随世道丧，抱残守缺与古友。
清风明月同襟期，浮风过眼视何有！
高士于今博清名，儒林还当推泰斗。

王朴广先生

五律四首

运转神州日，春回大地时；新年延福祉，故里仰光仪；
真觉秋风易，能无旧雨思；先生自高尚，吾党共钦迟。

国学游原早，郎官职不卑；软尘乱燕市，绮岁谢龙墀；
并土高踪寄，河汾教泽施；英才宏乐育，人道隐维持。

晚共图书伴，情余翰墨怡；素心甘抱璞，逸兴见临池；
自有堪传在，无忧不己知；澄波黄叔度，眉宇元紫芝。

名利相忘久，沧桑几度移；卅年犹转眴，两鬓暗添丝；
我负澄清愿，君真澹泊师；何时闲把酒，永昼共谈诗。

黄子固先生　名　巩

五　律

廿载五千里，凭书达素心；树云昕慕望，风雨晦明吟；
道学无南北，天星演古今；君方欣耳顺，我慨耋期侵；
旷观寰宇内，淹忽至于今；所变皆觚窳，焉知计尺寻；
壮歌风北惨，苦战日西沉；谁遂标铜柱，毋为异域侵。

鲍幼斋先生　名　璞

五律二首

一鹤起南天，飞来卅载前；芸编开盛业，薪火得真传；
涞水辞官日，尧夫居洛年；并州志人物，流寓续前贤。

洪钟无懦响，鸣凤集高冈；蒲坂探文物，河汾启杜房；
著书穷矻矻，卫道日皇皇；予愧歌同调，詹言独待商。

由定盦先生　夔　举

五律三首

日下一挥手，苍茫遂卅年；君居汾水畔，我卧彩云边；
久洽弦歌化，频闻师友传；尺书劳问讯，相望各华颠。

宙合风云閧，黔黎最可伤；牛毛肆诛索，龙战混玄黄；
佛力嗟无补，私心空复长；横流沧海遍，何处问行藏。

岳岳柯夫子，当年识紫芝；苦心宏格物，雄腕老临池；
只惜要荒地，谁能自得师；倘凭宗圣力，庶或济倾危。

七绝三首

故人书自蜀中来，夜雨巴山首重回；
何日西窗重展烛，披襟豁抱又衔杯。

得君尺素诵君诗，云海苍茫系我思；
五蠹六虫猖獗甚，多君好尚是先师。

一住汾河三十年，皋比情话自依然；
固缘德望堪钦恋，亦见此邦人士贤。

词

双鲤落云端，不暇寒暄，开缄先述旧同研，谁已仙游谁健在，感叹无边。羡子最超然，福慧兼全，朝朝染翰写云烟，纸贵洛阳何足算，海外流传。

王寿慈先生

五　古

晋楚分衿后，匆匆廿六年；流光如逝水，来复溯前缘；
忆昔联黉舍，于今隔辋川；河汾延教泽，洙泗广薪传；
大隐灵光渥，含弘正气全；春风嘘万汇，时雨化三千；
笔阵龙蛇走，毫端草木妍；庐山真面目，湘曲致缠绵；
甲箓从头数，奎章次第编；群推燕许手，不卸洛闽肩；
万古纲常在，中天日月圆；群生涵性理，博引洗心泉；
自有回澜会，全凭砥柱坚；鹤南遥寄意，玉版共参禅。

宋文伯先生

五　律

万里黄岩客，并州老寓公；风霜催鬓皬，丹药驻颜红；
书画诗三绝，经玄史并通；卅年衡泌乐，贫贱道非穷。

卢怀士先生

五律四首

雅慕柯东海，天涯若比邻；云山三晋地，书剑卅年身；
花落春无主，风驰笔有神；河汾绵学派，为世挽沉沦。

郎署巢痕在，春明旧梦醒；九仓能化俗，黉舍独横经；
许劭人伦鉴，严光客子星；何当问奇字，载酒子云亭。

小隐兼中隐，并州作海州；道真随地着，心直与天游；
闭户穷三古，开襟渺十秋；江南芳草绿，何事久淹留。

闻道黄河北，频年未解兵；待收儒术效，一奠泰阶平；

似我孤尤陋，如君老更成；尺书烹鲤得，珍重故人情。

黄鞠生先生

五　律

今日丹邱老，当年河上公；读书能射虎，余事到雕龙；
华夏几时革，河汾一代雄；有谁绵绝学，凭汝亮天工。

七　律

汉学虫鱼等语冰，宋儒理障愧师承；
从君乞取燧人火，暗室千年见一灯。

天下英雄尽入韝，愚民帝子在前头；
从今翻却读书案，干禄文章一例钩。

孟中乎先生

七　律

敝屣功名甘澹泊，福音传播警愚顽；
沧桑历劫身偏健，词赋流传手自删；

三晋云山供画稿，四时风月照朱颜；
丹青一幅遥相寄，意在青藤雪个间。

潘对凫先生　名守濂

七　律

郎官早岁际承平，时世沧桑感上京；
千顷汪洋黄叔度，万间广厦郑康成；
图书四壁问民瘼，苜蓿一盘老此生；
更羡伯英擅章草，龙蛇飞舞鬼神惊。

刘孚若先生　名盥训

七　律

携手河梁倏卅年，并门佳话敞琼筵；
高风欲得先生柳，清节合称君子莲；
居近宫墙忘岁月，兴来书画霭云烟；
芝兰茁壮尤堪纪，遥上祝词五色笺。

吴北江先生

七　律

柯公家世隐黄岩，抱道潜修志不凡；
厌绝朱缨抛紫盖，优游绛帐著青衫；
栽培桃李并门满，著作文章邺架函；
六十年华腰脚健，童颜鹤发更庄严。

蔡天囚先生

七　律

三绝声华信不伦，却将诗酒洗风尘；
扬州抛去二分月，汾水尝留一段春；
大涤花工传没骨，颠仙蛇草倍精神；
晋祠烟雨西泠柳，争护羲皇以上人。

七　绝

石篆风流独让君，幽并小住看行云；
柯亭柏已传千古，拨镫心香拜右军。

誉著梅州亮节清，僧房驴踏梵钟声；
草图索水云烟幻，一笔凌空壁马鸣。

贺性存先生

七　律

文光辉映晋山川，两鬓霜侵三十年；
千里驰书惭故我，五车照眼羡新篇；
身名久在尘寰外，云狗忘论今昔贤；
想见幽人书画里，病中拈句愧诗笺。

田步蟾先生

七　律

朱霞白鹤仰高标，三十年来惯寂寥；
明月莫辞汾郡酒，秋风倘忆浙江潮；
张颠落笔能惊座，陶令归田耻折腰；
旅食怡然方自得，岁寒松柏不知凋。

吴岷圃先生　步次陇先生韵

七　律

早岁文章赋汉京，天涯盛会二难并；
临池草圣书名重，讲学东林吾道宏；
夜月应怀灵隐寺。春风普被晋阳城；
闭门世事都忘却，愧未当筵一举觥。

张筱琴先生

七　律

黄岩逋客照清汾，挽著蒲车三十春；
宴谈处处添玄席，书画年年散墨尘；
有道匡时谁振铎，无心避世且投纶；
编成大事千秋事，狄水洋洋姑问津。

赵芷青同学　名丕廉

七　律

敬仲风徽近可师，奇纯订史启新知；
旧抛委羽仙人宅，来傍天龙晋水祠；
画角云横舒啸傲，赤城霞起想丰姿；
故乡吟望并州月，卅载端居慰所思。

邵竹青先生

七　律

棲息吾乡柯孟时，年来已觉识荆迟；
龙蛇下笔蠕蠕动，桃李盈门簇簇奇；
敝履头衔容市隐，著书心事少人知；
羡君身在风尘外，俯仰优游一杖随。

任福黎先生

七律四首

试数弓招入晋时，衣冠跄济壮年期；
不堪玉垒浮云变，致使渔阳鼙鼓悲；
大地风烟翻塞墨，寥天鸟鹊送颜黧；
知君耳顺真成熟，回首仓皇一世移。

齐物心同孰短长，蜉蝣蟪蛄尽相方；
那思虫臂果为屈，不计马肝真可尝；
禹域尽腾沧海浪，尧封犹忆白云乡；
义熙甲子何须问，指点民彝道有光。

举世熙攘泣素丝，洗心澄渺正伊谁；
传经北学推陈氏，（广东高要陈焕章重远清末进士著有英文本《中国经济学》行于欧美）设教西河有魏师；
螳臂当车吾亦奋，龙文抚驭子能驰；
千秋一息休轻纵，阐发精微世孰知。

遥闻冀北接烽烟，万里鲸鼍杀气传；
纾难应同楚尹抗，持戈莫让鲁童先；
安边颇牧思常享，抚字龚黄意辄怜；
甚仰怀情存社稷，请将斯义广敷宣。

孔祥熙先生

七　律

直把并州作故乡，卅年声誉遍胶庠；
门前桃李成材众，笔底龙蛇布阵忙；
忧国丹心肠转热，著书头白鬓堆霜；
客中旧侣今余几，日暮天寒古晋阳。

黄　玺先生

七律二首

巍巍宗姓纪吴芦，北学开先道不孤；
三晋云山供点染，两京文物寄轩渠；
冠巾老作诸侯客，德业无惭君子儒；

眼底沧桑成一世，坐看尘劫等华胄。

天台粉本袖襟藏，海国驺筹旧有乡；
金石色香能刻画，云霓情态写微芒；
函关一炁星凝紫，汾鼎千秋气郁苍；
西望长庚光矍灿，远歌人寿晋壶觞。

常孝麓先生

七　律

早岁东华负笈来。马神庙近旧金台；
登龙声价师元礼，市骏贤豪始郭隗；
青眼高歌吾老矣，白头相对日悠哉；
卅年抱道兼游艺，挹取河汾引寿杯。

王西池先生　佩　瑶

七律三首

与君相见廿余年，（余于民国元年来并后，始与定础先生相见）作字论诗悟宿缘；

半生青箱遵手泽，七旬白发上头巅；
（余现年七十有八）
闲书正气留丹篆，（定础先生前以手书《正气歌》朱拓四大幅见赠）偶感名言著绿天；
（定础先生顷以《绿天斋偶录》见示）
无事静中参妙谛，神完理足自空前。

或言今又是良辰，启接征诗信可珍；
展览争夸书画美，畅谈倍见性情真；
心思正直无私曲，品格端庄有远神；
当日韬园曾集社，杜门翻作老痴人。

乔笙渔先生

七律三首

座中厨顾尽名流，煮酒吟诗纪胜游；
瓯海雅人传韵事，晋汾多士聚并州；
卅年桃李门应满，五月菖蒲节正修；
夹道榴花红照眼，葡萄美酿寿丹邱。

富贵纷华不入胸，萧然物外寄行踪；
刘宽长者人皆敬，郭泰高明世所宗；
顷刻千言文倚马，包荒万象气犹龙；
太邱道广何潇洒，客里琴书乐正浓。

沧海横流剩此身，何图今世见斯人；
一生宗圣心常洗，卅载临池性自真；
赖有孤怀见真理，拚将只手挽迷津；
天台正学君相映，我愧文清结比邻。

石蓋年先生

七律二首

画里诗歌诗里仙，故人情味几经年；
衡门永日参真理，汾水秋风辟讲筵；
希圣早凭传世笔，旅居不用买山钱；
艺林韵事增声价，遍结神州翰墨缘。

羡君情性涤烦尘，一夕清谈满座春；
古殿苍松联旧侣，黄庭赤篆写芳晨；

涪翁烟渚诗人镜，青主霜毚处士身；
无数蓍英争结纳，故乡已不异乡亲。

蔡青禅先生

七律四首

我亦离乡三十年，偶来汾泌作盘旋；
论书翻爱刘歆伪，读画方知王湛贤；
自昔文章通性命，好从翰墨话因缘；
于今四海为家日，身世何须感客边。

欲将清白托闲身，扑去胸头万斛尘；
不履不衫容我辈，亦风亦雅见天真；
临窗高卧羲皇侣，吊国行吟草泽臣；
且喜随缘安乐甚，当秋何事想鲈莼。

时局于今正不堪，违心且作快心谈；
转移乌盂千钧力，点缀河山一担担；
到处桃源津可问，老来蔗境味尤甘；
君家故里传经学，为忆先师王六潭。

（王子裳先生）

传人传事亦传诗，说项谁如杨敬之；
避地管宁悲乱世，得心章草出名师；
河中苦雨伤时泪，客里秋风痛国思；
它日相逢同一笑，嘤鸣求友莫嫌迟。

胡鲁泉先生

七　律

三十年来设讲坛，莘莘学子喜争先；
松筠清操皆翘望，珠玉文章尽可传；
著作立言根事物，挥毫落笔走云烟；
如公道德名天下，并地何人不颂贤。

李荄封先生

七律二首

冲笺恬静接光仪，卅载遥遥系我思；
见说泥涂轻冕服，凭将翰墨托心期；

逊言危行原经训，流水行云只自宜；
长憾无缘共晨夕，葭苍露白咏风诗。

有道流风高汉末，幼安辟地到辽东；
当年青史钦前哲，今日黄岩著我公；
飞舞龙蛇惊腕底，颠翻驼马任寰中；
卅年回首应相笑，一席皋比坐定通。

释心月法师

七　律

三绝竟逢六十翁，此生修得老还童；
天真烂漫天常顾，水性纡回水遍通；
千载藤萝饶古色，满城桃李笑春风；
时人一见多惊异，都入苍茫想象中。

七绝二首

莫笑诗人易有功，循规蹈矩古人风；
班门不敢弄凡斧，技痒难藏凿鼻工。

羲之书法古无伦，铁画银钩妙入神；
谁识名传千载下，学来原是卫夫人。

胡默青先生　春　霖

七律二首

羡君高隐古并州，稳度年华已卅秋；
三晋云山供笑傲，四时岁月任优游；
文探班马藏风骨，墨泼松龙浴日头；
乐善引人忘物我，定础主义是无愁。

访道留并岁几除，娱园分得澹然居；
（君与余同住海子边娱园，余分居南院上屋，有“澹然居”匾额）
鱼从瀛海参潜跃，（夏日常偕至海子边文瀛湖畔观鱼）豹契庙廊解笑歔；
（文庙动物园有斑豹一，每偕至豹栏前，豹必笑歔滚戏，若解人意者）
悬瓮山泉碑涤未，（君陪余游晋祠，观周柏饮山泉，余有长歌一首，待君书刊石）

什方寺塔顶摩诸；

（君与余并刘竹坡将军、崔英先秘书曾游南什方院、双塔寺，同登塔顶）

如今姻娅情增切，何日升平醉我庐。

喻信厚先生

七律三首

心通造化以神游，妙契由天莫强求；
笔墨烟云忘物我，丹青炉鼎几春秋；
挥毫能使吟怀畅，游艺全无意匠筹；
老子犹龙真愧畏，无名公传可同收。

晋祠卅载乍归身，旅迹依然踏软尘；
喜有卫青为子路，敢同李白别汪伦；
辕驹真羡龙骧志，劫火弥悲蚁聚民；
此日挥戈能救国，清谈愧煞读书人。

寰中烽火劫频传，谁谓桃源别有天；
燕雀藩篱诩知命，鲲鹏海岳自忘筌；

拓开世界须豪杰，坐看风云误岁年；
雪耻攘夷千载业，济时只羡祖生鞭。

七　古

苍溪有士字定础，品洁行纯志高巨；
六合为庐四海家，尧孔之徒俯伊吕；
翱翔太学鄙簪缨，羽翼圣教肩艰巨；
文字丹青寄兴豪，皋比喜与青年侣；
致身国事忘家乡，卅年并土长羁旅；
才大心细事有恒，（余前著孔教小说，内有柯正恒即指君也）入座熏风甘如醑；
黄粱世梦看浮云，口舌悬河目如炬；
神龙夭矫天畔游，蚯蚓揖让喜未拒；
我生与君同乡里，同学同官异居处；
（君昔年挂名朝籍官陆部时厚亦官政治部）
三晋云山引领多，万年事业相期许；
不贤识小贤识大，每捧书缄增惭沮；
推君热爱祖国忱，民族复兴可延伫；
填海精禽虽有心，巢堂燕雀空尔汝；
同室暂停兄弟戈，画疆各守淆函阻；

那堪烽火满潢池，更痛燕云任刀俎；
表里山河暂自安，兴仁讲让诚盛举；
国中大师诸先生，加君青眼心相与；
喜抒鸿文为纪念，尊德乐道富情绪；
年来武备日凌夷，赖有仁贤固吾圉；
海内知名仰德星，云龙风虎萃汾渚；
愧我枌园志行卑，盼君暇日归乡聆笑语；
笑语莫论国事悲，吾侪畎田徒酸楚；
安得当国如周文，磻溪之水钓大璜；
使君牧野成鹰扬，建设庶政招贤良；
弼成民治万年昌，蔚为国光长流芳。

吴子玉先生　名佩孚

七　绝

斯人有志振斯文，哲学成书远近闻；
终日居仁且游艺，时悬臂腕扫千军。

李凤圃先生　名庆芳

五　古

昔在逊清末，初闻柯子名；知子善草书，上接张与程；
子适长山大，不怀慰识荆；雄心寄翰墨，时见云烟生；
岂意三十载，重聚太原城；昔别均黑发，今看霜盈盈；
中间历万变，一瞬如蜗争；感子耳顺年，犹是栖栖情；
洪波泻千顷，那复遗浊清；愿子若董狐，大笔挥长鲸；
藐尔鱼鳖辈，安得任纵横。

七　绝

壮岁书名惊海内，汉唐风骨自崚嶒；
画中老挟幽并气，磅礴凌云见此藤。

邵启贤先生　别号江南退叟

七绝二首

天台雁荡欝嶙峋，始信名山有异人；
万象冥搜真宰泣，狂挥铜管独回春。

幸从樗散得天全，三绝争推老郑虔；
领取山川淳朴意，浑忘此是劫余年。

狄观沧先生 名楼海

七　绝

童颜鹤发道风清，阐理卅年仰大名；
书画更能传远近，无人不道柯先生。

李芷洲先生

七绝二首

霜后园林野趣浓，高人着笔画秋容；
黄金有价丹难炼，醉卧琼楼第几重。

蓬门拥雪未曾开，忽报嘉宾踏雪来；
八十高龄犹矍铄，来京相会亦快哉。

金侣琴先生

七绝二首

三晋优游物外身，挥毫落纸若通神；
声华卅载传三绝，敬仲以来第一人。

啸傲烟霞六十年，不求闻达是神仙；
乍逢便许忘年契，喜识人间老郑虔。

张蔫秋先生

七绝八首

作书得意是章草，别有会心画意舒；
万帧云山一枝笔，书中有画画中书。

无忤无争物与人，博施泛爱果谁因；
愿行忠恕无他道，一点灵根在率真。

岂有伤心事已迟，故将笔墨寄忧思；

长歌短调饶风趣，都在挥毫落纸时。

诗中有画画中诗，此境从来不可思；
卅载浑忘莼菜味，此中深趣有谁知。

讲道河汾地不孤，买山遁迹作纯儒；
人伦郭许当时少，德量闵颜近世无。

誉善称名杨敬之，君家故里有前师；
题诗莫笑抄成句，到处逢人说项斯。

晋水遨游已十年，公来在我廿年前；
论交一语通心性，佛说三生信有缘。

更于何处见清高，寄傲南窗染素毫；
董巨烟云齐供养，钟张点画起波涛。

王启后先生

七　绝

先生气宇自恢恢，一笑贤愚皆取材；
论道有情矫末俗，且凭真理醒将来。

田　霖先生　润　霖

七绝四首

先生书法夺天工，大笔能将小笔同；
更有余闲兼习画，苍茫意匠走蛇龙。

几句预言说大同，若干年后一同风；
草书刻石流传久，定入二王法帖中。

自古斯文传绝学，而今高调误苍生；
卅年旅晋黄岩客，即事探原别有情。

几何合入畴人传，博物肯输张茂先；

经国文章昭百代，赤心如日月行天。

七　古

君返并州我居京，我离京师君离并；
两地恍如交臂失，心心相印见推诚；
一幅丹青贻所好，俯仰坐卧云烟生；
山水肯输王摩诘，行学不减张伯英；
闻道童颜犹胜昔，知从游艺养真情；
况复参透孔氏旨，大同学说预言精；
九一八后何慷慨，添胸义愤斥东瀛；
入蜀欲骋放翁愿，彼则赍志我则成；
翻天覆地沧桑变，优良传统赖经营；
新必推陈新乃见，百花齐放家争鸣；
还将哲学穷真理，争取世界久和平。

七律二首

忠心耿耿斋长篇，石点头时倭亦然；
托迹并门三十载，预言孔教半千年；
几何点画征欧美，博物图书踵茂先；
莫问桓文求正谲，兴观群怨有真传。

（“九·一八”后先生撰刊《告日本臣民书》，洋洋数万言）

俯仰乾坤综六经，丹青翰墨贱流形；
逢人一笑心常泰，对客挥毫手不停；
大叶粗枝传玉局，奔雷坠石谱过庭；
三斤铜管毛锥子，肯为斯文始乞灵。
（先生有句云：“三斤铜管时长啸，也是毛锥也矛戟。”）

王容盦先生　佩　瑶

七绝八首

卅年力学客汾河，业益求精总在勤；
壮丽中含狂逸趣，浑忘椽笔重三斤。

丹邱世业倩谁传，三绝君堪继一肩；
晚学虽迟高刺史，好辞却似柳屯田。

一别重逢两鬓霜，不知世界几沧桑；

门非翟氏常罗雀，书似东坡可换羊。

久仰善陈老杜才，而今时事实堪哀；
长城万里巍然在，谁惹凄风苦雨来。

时如秋老暮蝉吟，剩水残山悲客心；
困煞英雄建国后，是谁非昨是当今。

君游山右我墙东，出处虽殊兴却同；
烛剪窗前人话雨，蛸悬壁上座生风。

忝占春多恰七年，著鞭总让祖生先；
儒家有志扬圣教，酷吏无权税砚田。

郭巾冒雨进门来，学子相邀过讲台；
挥麈声常惊四座，摄生酒未到三杯。

七律四首

忆昔回车过草堂，许题阡表辱中郎；
孙因洗砚来池畔，纸值兼金迈洛阳；

顾我才疏难学步，感君情重几回肠；
将诗寄问河东水，别恨何堪较短长。

善书善画复工诗，翰墨生涯老不知；
锦句何殊高刺史，黄庭恰好晋羲之；
业精弓冶仍三绝，派衍河汾振四维；
卅多余年无间日，大名远近话人师。

志同道合老分镳，相忆相思怅望遥；
三晋云山沾化雨，五湖波浪促归桡；
壮怀不已犹挥麈，斗米应抛为折腰；
今世斯文虽欲丧，未能驱鳄愧韩潮。

去年携手度清明，今岁长吟怅独行；
底事羁身归不得，劳予望眼枉相迎；
好音怀我宁无故，佳节思亲倍有情；
逝水流光春已半，庞公何日上先茔。

刘鹤翔先生 鸣 九

七 绝

屡拜先生赐书翰，新诗昨读似陶公；
阳明品格半山学，远近同钦夫子风。

七 律

直把他乡作故乡，春风教泽遍胶庠；
龙蛇到处留生动，书画穷年不怕忙；
爱国愿倾万斛血，成人何惜满头霜；
坛边讲学时相见，江汉文章带秋阳。

释愿海法师

七 绝

渊明林下遇痴禅，一刹相逢证夙缘，
赠我好诗开我慧，愧无佳句答高贤。

原石民先生

七绝十首

草圣才书墨未磨，庭前负手漫吟哦；
曾言一事超流辈，手迹流传万本多。

卅载流光掣电忙，并门久住当还乡；
不知两鬓垂垂白，但觉双梧渐渐长。
（太原向无梧桐，先生于文庙及洗心社各植二本）

十架八架藤萝古，三丛二丛菊花开；
天池道复虽前辈，宗派先生是未来。
（先生有“未来画”、“过去字”篆章）
一本芭蕉伸纸外，游鱼几队逐波行；
天机造物两相忘，只有心弦自在鸣。
（先生喜作芭蕉及作群鱼）

洙泗桥边绿满天，寻幽散发尚披肩；

泰山顶上摩崖字，树之风声似往年。
（先生曩谒孔林游泰山，曾于南天门刊“树之风声”四字。庚午余登岱犹见之）

劫换炎岗涨爱河，冰期世纪接侏罗；
细推动物人间世，三十年来变幻多。
（先生治博物学，故以地质语入诗，尝制一印文曰“偶现身游离太阳天第三粒行星赤道北用铁时代之理性灵长动物”，自号曰定础，前肢爪痕）

天下名山到处羁，半生履险自如夷；
情怀落落无他好，字字声声唤醒狮。
（先生画一睡狮，置之座右）

非非异想入非非，十万名言显自微；
夜静从头细细读，针针见血见天机。
（先生著有《人生哲学》）

登堂我亦预称觞，五十生辰吉日良；

旧事当年犹记取，绿天前后小沧桑。
（先生前后居满城，颜其室曰“绿天斋”，近年移寓海子边）

亦夷亦惠有好怀，古心古貌世无乖；
排闼人来托写字，先生含笑称佳佳。
（往年同友人在图书馆观先生写字，有排闼入者曰：“适从河南来，有人托柯某写字，此间有柯某否？”先生回首曰：“我正是柯某。”其人全不理会，但负手观先生字曰：“汝字尚可也，为我写两条。”先生笑曰：“佳佳。”雅量如此，同人传以为笑）

原颂周先生

七绝二首

世事沧桑兴未豪，人情翻复似波涛；
结交尚有磻溪叟，咏水歌山煮绿醪。

满城瑟瑟风秋午，遥见东窗云顶开；
最是寄情诗画里，那堪回首望飞埃。

沈宛明先生　和绿天斋题歌乐山云顶石洞原韵

七绝五首

岁寒松柏早成围，大道参天不掩扉；
学得龙驼修养法，风光霁月见天机。
（先生《语录》谓：“人生不独须有龙马精神、猿猴智慧，而且须有龟驼之庄厚浑穆，方能任重致远。”）

雾里松楠长一围，移巢云顶久无扉；
乌须鹤发由人问，君为长生泄化机。

走遍山涯与水涯，三斤铜管早生花；
偶来云顶峰头寄，泼墨居然作画家。

龙蛇飞舞遍天涯，余事传神在百花，
且得蜀中山水秀，何须粉本问谁家。

怡情翰墨乐无涯，说道谈玄灿舌花；
别有绿天新语录，康宁妙诀洩仙家。

陈树棠先生

七绝二首

健笔争挥麾日戈，薪传大道导先河；
精神充满乾坤际，愿效陶唐击壤歌。

大地苍凉百感长，多歧自昔慨亡羊；
相期共守明夷训，笔削麟经仰素王。

五　古

节以诗人纪，诗人重民族，炁推及茝兰，志安在松菊，
绿天仰横经，秋水溯空谷，郁郁芳馨意，旧迹禹之复。

王越岭先生　幼航先生弟

七　绝

买书忆过海王村，曾见良朋镜里身；
我欲白头君亦老，同为甲子一周人。
（厂甸摄影馆悬君与齐白石两大像，京中有“双璜”的佳话）

徐元白先生

七　绝

浩气氤氲志未酬，伯英书法自千秋；
胡为一勺汾河水，老得冯唐雪满头。

七　律

五年血战满江河，尚有名山卧老柯；
六艺陶镕书入化，七情结合喜偏多；
发如古鼎流金灿，面肖童男中酒酡；

胸次往来磅礴气，常挥椽笔发高歌。

庞镜塘先生

七绝二首

我自弱冠揖丈人，相从袯被结为邻；
赏心每忆月明夜，放浪形骸忘主宾。

一枝铜管遍天涯，偶驻征骖便是家；
借得窗前盈尺地，漫天风雨戏龙蛇。

屈文六先生 名映光

词

阅遍名山与大川，囊底诗篇，笔底云烟；太行桃李种三千，文事经筵，武事戎旃；健步宁愁蜀道难，世上遗贤，地上游仙；风行一纸换金钱，饥者加餐，寒者衣绵。（一剪梅）

徐子澄先生 名一清

词

别天台，小窗汾晋向阳开；破残经，堆书案，新画本，满琴斋，心身长寄有情里，声气朋侪不速来；欢谈笑，泯嫌猜，休休大度羡天才。（妆台用迦陵音韵）

不衡茅，吟风弄月亦逍遥；杏坛边，柳儿树，泮桥下，水儿瓢，霜天雪夜人常在，问字干书门长敲；慕巢燧，想姚陶，殃民亡种戒儿曹。（前调）

消永昼，乐事只向腕中求，汉晋于今留好样；临摹不苟，年年翰墨优游，只怕挥缃不透；寻碑拓碣，典羊裘，话钟王，颠态横秋。（三郎神用迦陵音韵）

衣裳钟鼓长在否，荣枯早付东流；谁记得山林廊庙，乐陶陶如步瀛洲；童颜鹤发，尽日画图结构，好似个闲人叟；绿天中，杖履夷犹。

姬　弥先生

词

尺素飞来玉局仙，龙游纸界化云烟；词锋利比并州剪，想见鹅湖翰墨缘。

风习习，草芊芊，一枝春寄海东边；天涯何处求知己，愿买山阴访戴船。（鹧鸪天）

陈星湖先生

词

弃职等弁髦，不恋部曹；杏坛乐得众英豪，泡影功名何足贵，品自清高，东海用波涛，浊浪滔滔，中流砥柱一身操，甘将书画销魔劫，涤尽尘嚣。（浪淘沙）

下笔走蛇龙，无间春冬，一枝铜管豁心胸，如意纵横；都绝妙，翠柏苍松，翰墨黄钟，古雅藏锋，烟云飘渺绕回峰；纸价贵随人到处，气度雍雍。（前调）

七绝四首

书法风行媲颜柳，输公腕底舞龙蛇；
清奇古劲犹苍秀，铜管流芳自一家。

家无余蓄见操修，如遇而安得自由；
积德累仁阴骘厚，羲皇高卧度春秋。

讲坛寄迹浑忘年，谢绝繁华静似禅；
跳出尘寰名利窟，和光蔼蔼陆中仙。

名比天台雁荡齐，为明人道转山西；
不求闻达征书画，著作诗文醒世迷。

七　律

德量安安弃锦衣，颓风独挽道心微；
寄情翰墨忘荣辱，放意烟云少是非；
泛爱亲仁遐迩仰，博施济众古今稀；
东南桃李方朱紫，乐坐河汾旧钓矶。

章行严先生 士钊

词

海内诸柯旧擅名，武昌（逊庵）胶县（凤荪）各成尘；紫岩去后黄岩在，也下渝州壮汉京。

天不变，道孤行，庙堂夫子见平生；当年赤制尊图忏，今日红羊仗老更。

张弘舸先生

五　古

秋水思伊人，浙东有高士；北来喜云山，学而优不仕；
初无避秦意，桃源适相值；优游三十载，故乡称第二；
瞻依夫子墙，宗圣见仁智；恢宏抱与怀，不作秦越视；
德化广群伦，女界亦受赐；村妇莲步艰，人多漠然置；
君独振臂呼，挽救集同志；力行类如斯，泚笔不胜志；
运会际新生，允堪风一世。

马一民先生

五古四首

（一）

我尊黄岩叟，宏道培宫墙；泮池刈茂草，讲舍开恢皇；
启迪四民智，万类罗一堂；胎卵化湿种，欧亚非美乡；
朽腐化神奇，大海遥梯航；忆昔瞻圣域，阙里气象扬；
高妙岱之巅，昂头小八方；（登泰山之顶往事尚忆之乎）
佳侣结常赵，书画媲晋唐；题名没字碑，听泉斗姥廊；
胜游已陈迹，鬓发俱老苍；峥嵘幸健在，互祝寿而康。

（二）

我敬黄岩叟，春风煦太和；爱人诲不倦，养气无偏颇；
世俗竞荣利，同舟挥剑戈；锱铢权雅量，咫尺阻山河；
东西圣与贤，人天鬼与魔；相猜不相谅，寸地掀风波；
叟也师造化，绿天生意多；其愚本难及，捋须笑呵呵；
自是心无闷，那知双鬓皤；童颜映鹤发，寿征传非讹；

福慧几生修，喜慰吟复哦。

（三）

我钦黄岩叟，安怀兼信友；乐事重天伦，不慕印如斗；
蒙养端楷模，训育似慈母；琢磨丽泽交，来复文字薮；
应物消机心，平视泯好丑；日日书案头，龙蛇竞飞走；
挥毫悟玄理，得心乃应手；诚中自形外，画端意不苟；
活泼见精神，阴阳变奇偶；名利如鸿毛，泰岱等培塿；
重睹老学庵，努力三不朽。

（四）

我佩黄岩叟，胸中罗大千；处世喜无竞，接物欣随缘；
腕底腾龙蛇，画意迈昔贤；未来现与过，（叟是过去字，现在人，未来画）一贯三妙传；浩气塞天地，精灵毓山川；
圣哲垂典谟，服膺恒拳拳；人生苦忧患，至乐焉能全；
不怯饥寒侵，但愁俗虑煎；伴叟终日居，美意双延年；
为叟歌三乐，更味禅外禅；吉人光嗣续，瓜瓞庆绵绵。

刘迭岷先生　名固岩

五古八首

忆昔观晋政，今忽十七期；日归心伤悲，人莫知我哀；
旅处得资斧，君子焉取斯；私行非礼聘，出门懵未知；
筮易得壮趾，行使止或尼；鄙哉心硁硁，遂甘伏为雌；
文庙话衷情，幸不嗤矜奇；未几送我行，谓来犹可追；
频年疏笺候，望风饥渴思；自惭亦周甲，和韵惟忸怩。

归来理经笥，砚田岁云恶；孟光惯食贫，幸能甘糟粕；
元亮之子愚，训以趋时莫；樗栎匪栋梁，甘心老岩壑；
基础须磐石，瓦砾空蟠礴；谬以乡望虚，佥云执事恪；
天欲玉人成，借石以为错；枪林弹雨中，讲艺时辍作；
抗志云霄翁，闻之休吐舌；我心匪冰霜，胡然血不热。

逐逐靡所骋，何庸瞻四方；干戈遍邦内，肇祸起萧墙；
边陲环虎视，草泽肆枭张；地稀干净土，天惨日月光；
孔惟场返鲁，孟岂再发棠；明窗读周易，坤顺宜含章；
儒家有至乐，菽水奉高堂；营营事奔走，所得失不偿；

何似位宾师，应接虽不遑；主持宗圣会，畴云无事忙。

旅晋虽卅载，熏名岂故吾；手编来复报，允为众说郛；
英才亦罗致，沉网取珊瑚；笔阵走龙蛇，挥洒频自娱；
跃龙虽在渊，鸣凤已棲梧；愧我命悭蹇，厕坐自向隅；
怕闻谭佛老，厌说薄程朱；复惭非大雅，且自安庸愚；
人谓何悻悻，我持此区区；与为识时杰，宁作畎亩夫。

达则群善兼，穷则身善独；君品固巍巍，我行亦荦荦；
贵贱两相忘，鸿飞念鸡啄；惠我画一帧，（戴觉民由晋返湘承托转致）仙笔如抱朴；悬之草堂中，亲朋观叹数；
尚望不遐遗，交浅情则笃；遥赐幅与联，遂我欲逐逐；
感激奚以酬，告以乐所乐；楚人嗤燕石，卞和未献璞；
与世纵无裨，幸不辱家学。

吾湘诸耆宿，屡以书见招；分经讲孔道，促使登云轺；
燕居未申申，遑言如夭夭；误人资观感，暂就如寄侨；
浮生真若梦，诸凡复鹿蕉；世乱心自理，文浓笔淡描；
昧爽起视天，晨星何寥寥；岁寒松柏志，空欲干云霄；
风雨飘摇甚，鸟音徒哓哓；残棋不可著，新枰畴能雕。

鲸鲵肆吞噬，害逾古十百；意欲合沧瀛，完成大陆策；
西祸入秦晋，东且及邹峄；悬象已著明，何庸再探赜；
努力未亡前，乘时救大厄；上书告当路，嘉谋资利益；
下以扬侧陋，胸中谁左癖；龙虎会风云，培娄有松柏；
局中休局外，丸泥封蚁隙；临时费张皇，苌弘血空碧。

他日耆英会，君实独得天；留以祛时弊，踢倒半山巅；
赞襄期有济，功成名不专；决胜帷幄里，规矩中方圆；
斧柯虽未假，捕鱼已有筌；请借前席箸，休弄笔如椽；
河山期奠定，乾坤期斡旋；长揖归黄岩，晚景真陶然；
书此祝仁寿，敢结翰墨缘；不忘旧日谊，唱和亦年年。

七律六首

昔慕文侯礼达才，曾随左右访南台；
书题当代高风远，星殒老人野鹤哀；
念我迷离终抱恨，借君推挽赋归来；
于今莫作偷闲计，大匠门前无弃才。

异样情深感慨中，数行书到坐春风；

回思终愧衔环鸟，自信俨同负版虫；
笔砚生涯常误我，圣贤事业孰如公；
谁将班管舒毫末，摹出庐山夺化工。

自惭愚鲁也为儒，北望云山德不孤；
救世谋猷尝献纳，通时学术惯楷模；
久经磨炼精神老，寻得渊源道味娱；
逸兴飞来云落纸，肯从万里寄珊瑚。

十五年来忆旧游，瞻依丰采思悠悠；
文章有价留三晋，道德无形动九州；
海外烽烟横北塞，书中奥义著南楼；
撑持家国由真理，百二河山第一流。

一望汪洋是我师，每从梦里话相思，
预言来日知中外，疑问今潮见昔时；
乐得当途咨国政，翕然正义服华夷；
奇文自有群贤集，何必巴人献俚词。

堪羡康强耳顺年，令人景仰是神仙；

南中欲往休鞭着，国际谁甘仅瓦全；
一代英姿操胜算，几多良策在筹边；
兴酣摇献华封祝，万古常新笔底烟。

柯善骥侄儿

五 古

忆昔侍密亲，迢迢之山右；山右唐虞都，俯仰想群后；
晋国固莫强，匡霸执盟首；黄河萦如带，太行嵸岗阜；
世道久衰微，万物等刍狗；麟经涂草莽；谁为耕稂莠，
君子恒其德，贵贱复何有；披荒棲古庙，图书聚渊薮；
树成已十年，清风拂尘垢；多士来相翼，浚哲招独厚；
逸情悟临池，乾坤运于肘；观众乐低昂，兴至来大吼；
纷纭万纸尽，浩气满户牖；负郭结茅茨，檐前荫榆柳；
散花伴墙棂，形影龙蛇走；寝馈见钟王，谈笑说老缶；
天地任跌荡，四方联宾友；声誉焉足矜，明德惟黍后；
小子好奇僻，旷放猎蒙叟；齐物极虚诞，绳墨不能纠；
刻削入申商，人情呼负负；辗转值时艰，此志常引咎；
国土亦沦丧，边维已解纽；仓皇走荒鄙，面目渐黎黝；
登高怀所亲，惆怅如失守；文明回景运，龙盘起阳九；

壁里出残缺，正义必所取；圣迹终古存，瑚琏自不朽；
卅载羁旅情，苍然岂老丑；莫辞姚江滨，家园还四亩；
愿献汛湖图，南山比永寿。

翁雪耕先生

五　古

鄙夫素贫贱，曾未涉要津；伏处草泽中，时侣渔樵人；
先生晚相遇，善气蔼可亲；心古貌亦古，盎然至德纯；
品与珪璋重，身为家国珍；云泥渺相隔，企慕徒逡巡；
去岁穷冬日，忽惠佳句新；沧桑感世局，悲悯意具陈；
日寇肆鸱张，警告语谆谆；野心终不戢，窜扰经七春；
村落变邱墟，别离怼苦心；铁鹰遍郊邑，惊恐无昏晨；
阋墙召外侮，其来良有因；邦危法不守，圣远道晦泯；
上下利以交，智昏失性真；诈伪习成风，俗薄不复淳；
贪愚趋势要，贤哲甘食贫；滔滔皆是也，旰衡不忍瞵；
谁为拨乱姿，特达赞经纶；一剑平丑虏，妖氛涤八垠；
我生性磊落，不顾时俗嚬；淡泊以明志，默契古圣神；
浩歌发长叹，翘首望峨岷。

张损庵先生 长 山

五 古

旅晋成一纪，功利浮云看；尚友千载上，探道悟真传；
善诱启后进，遑问贫与寒；因之满令名，见者敬且欢；
愿祝寿而康，应似太公磻；太行东巍峨，黄河西屈蟠。

姚凤九先生

五 古

君出自黄岩，我居依涑水；求学赴京师，分科各相砥；
君学业既成，意薄优则仕；棫朴羡作人，箐莪钦造士；
拳服不倦心，乃瞻翔而集；观风尧舜都，讲学唐明市；
图画参几何，博物究真髓；养正基圣功，环门植桃李；
渔阳鼙鼓鸣，驱我还乡梓；同事复相亲，高风得仰止；
君日近圣居，道德为邻比；课余兼学文，工诗画书史；
书法尤擅奇，草圣堪并拟；喜濡张旭墨，快展蔡伦纸；
纵横笔如椽，龙蛇烟云起；精锐疾雷霆，珠玉合渟峙；
且书行且吟，二美难并四；三绝称名家，在君皆小技；

名教期维持，大道为归指；洗心鉴神明，宗圣传真旨；
但欲绝狂言，岂必冠獬豸；礼法守程朱，道行侔园绮；
朴实孚众丁，浮夸陋余子；味蔼易近人，博施无涯涘；
物与宏民胞，人矩实仁轨；事理讵模棱，春秋藏腹里；
正告东邻书，（告三岛利害顺逆书万余言）直言伸抗抵；
谁云在野身，与国无臧否；大声时疾呼，唤醒真法纪；
于今三十年，信不渝终始。

樊廷英同学

五　古

儒者有本姓，意气在云霄；飘然思不群，物外何逍遥；
书画饶逸兴，昕夕以为陶；吟咏挥匠手，落纸神巅毫；
旅晋三十年，终始有常操；正心振叔世，惠德深且高；
翼教挽狂澜，孜孜忘其劳；文化行复兴，赋诗为公豪。

张兰亭先生

五　古

尚志追贤哲，由来道力坚；晚年尤恬淡，镇日乐林泉；

古画凝神仿，残碑任意研；山水许八大，花卉小南田；
篆隶秦与汉，行草方中圆；有时临魏晋，笔阵冲前贤；
强为先生拟，张颠或米颠；兴来忘真草，满纸起云烟；
亦如唐怀素，忽作宋坡仙；名家集腕下，沧海纳百川；
不为虚荣累，讵因俗务牵；优游夫子庙，啸傲瀛湖边；
为有高浑意，所以能天然，万千罗气象，书画自流传。

七　古

柯子栖并三十年，日与翰墨为因缘；
兴到右军称草圣，南宫意妙在笔先；
书既成家画亦老，挥毫落纸飞云烟；
巧偷豪夺争补壁，其中精奥得者鲜；
胸襟潇洒无尘俗，世人谁比白与坚；
文章学术追韩范，风神道德拟渊骞；
砥柱中流衷人道，头衔敝屣乐教鞭；
自有鸿编堪寿世，清风亮节绍前贤。

七绝八首

扫除俗烦万虑空，曾无芥蒂挂心胸；
见人常是欣然笑，无怪今犹不老翁。

（写我兄之平素胸襟）

挥毫落纸势如风，无限精神腕底生；
更有一端奇妙处，甫经握管便哼哼。
（写我兄作书时的情况）

京师大学属同俦，回首当年忆旧游；
爱国君尤声望重，岂徒书画足千秋。
（写尔我昔为同学，无甚异同。兄今艺高海表名传后世，在全国同学中当首屈一指）

书画习来不惮劳，课余有暇便挥毫；
年经数十如一日，今已功成堪自豪。
（写兄之勤劳书画，今仍未懈，令人钦佩，已功成名立，真堪自豪）

草书火候已纯青，作画君尤善写生；
文艺誉隆胜海内，吾侪契友也光荣。
（兄以书画功成，名传海内，我辈亦觉颇有光荣）

高年纵不畏征尘，万里长途太苦辛；
上下舟车须照管，贴身难得嫂夫人。
（兄以如此高龄，而能有一万里之行，更幸有嫂夫人照应一切，真属难得）

羡君鹤发且红颜，饱满精神非偶然；
自认童心犹未改，作风依旧是青年。
（兄以八旬老翁鹤发童颜，童心犹在，将来寿数，岂可限量）

久别重逢在并门，盘桓数日倍欢欣；
为因贯老题诗寄，我亦不妨学咏吟。
（我向来不会作诗，今见贯老为兄题诗三首，我亦不妨献丑，兄非外人，当不笑我）

冯鹏翥先生

五　古

黄岩有异人，绿天阴里住；小住三十年，始终行吾素；
不知有穷通，轻安双妙悟；望尘嗟莫及，敢以传俚句。

冯天于先生

五　古

每遇绿天翁，拍手笑不止；团团类富家，赭泽童颜似；
谈道真卫玠，绝倒有平子；游鱼忘江湖，萍藻清见底；
灵台无尘埃，颐养良有以；万法能皆空，唯有一事累；
所居近圣人，志道心不死；余技出书画，神运挥臂指；
得公一纸书，奚啻从事比；和光不混俗，难得糊涂理；
人间万苦辛，色然报一喜；桃源住卅年，忘泛苍溪水；
大瓠无所容，浮沉岂得已。

杨仁康同学

五　古

富贵荣一时，明达何所求；安贫符靖节，千载芳自流；
先生真闲闲，寄旅三十秋；澹泊明素志，穆穆与天游；
其中有真味，渊永无穷遒；念彼庸俗子，日夕常殷忧。

晋地虽云僻，依然有古风；追寻何所自，介郭前其功；

节欲存真性，胡为计穷通；退藏远时俗，先哲咸适从；
艺林大宗师，文德于焉崇；讲学古不懈，远近长颙颙。

刘烈侯先生 克 笃

七 古

刘先生病在疾，作诗相赠，赠诗后七日，刘先生卒。每读此诗，为之悚然，为之潸然。璜识

普陀秀出南海边，黄岩蔚与相辉连；明珠翠羽不足罄灵异，挺生先生使来汾水间。发棹歌，鸣箫鼓，为吾三晋知觉先；寓晋于今夏葛冬裘凡卅换，无愚与智咸欢然。创来复报，礼义廉耻四维讲管子，新生活法曾宣传。成图书馆，经史子集佛道伎艺诸帙无不备，俾后生皆知寻常诵读秘本外，尚有应诵应读如干卷。三家村中，兔园册子，冬烘学究，不许踞座高谈禅，若偌大熏劳，可谓破天荒开山祖；功无人忌誉为延。问渠何以得此好遭遇，不薄大吏亲群贤，饶有主张计划，却不露圭角外似屈就中求全。宋王介甫果能明此道，何至韩富苏程诸君子，与之东西相掣牵。乃知寓劲于和，不仅足为居乡法，事由之济身由全，何况

先生更有深谋远虑在，欲为大厦防危颠；手无斧柯，徒听蟪蛄语，仍借笔墨为因缘。往者白山黑水地图变色后，曾书文山丞相幽燕正气篇。用石刻成墨拓就，分送使者来翩翩，意微而婉晦而显，不是洛神玉版兰亭茧，乃是刘琨戈枕祖逖鞭。人人肯解此中旨，岂特吾三晋表里山河相与绵亘而巩固，即先生之堂有胶舟，园余复篑，亦当与大河同永山同坚，若吾晋潜邱百诗前辈，占籍淮阳腾茂实，蜚英声，公余钓台看晚烟，至子若孙曾若玄，书香似续千万年。

冯维垣先生

七　古

乙亥端阳后四天，黄岩旅晋三十年；
有朋纪念先生者，撰德修辞篇复篇；
比乐同人亲可久，不失其居龙在田，
藏器待时德施普，劳谦君子有终焉；
先生行易能如此，余事神游翰墨缘；
我学雕虫云亦是，东坡纪念仲常笺。

杨英伯先生

七　古

道德名世称大贤，闻知每隔五百年；
负荷斯文号半千，峄山没后心不传；
此疆彼界各守偏，扪象窥豹难见全；
一科深入贵以专，得善莫忘终拳拳；
可与古圣结道缘，道德仁义俱精研；
能绵古道一线延，茫茫斯世谁仔肩；
柯公昔在第四天，俯视众生痛可怜；
下降浊世度迷川，寄入宫墙坐青毡；
侪辈才超一谪仙，春官偶试名早铨；
徘徊审顾遍八埏，统观齐州九点烟；
唐虞帝都左道袭相沿；飘然来与相周旋，
会逢当道授一廛，怡然一笑喜乔迁；
先生学问既广渊，铁砚年年复磨穿；
人来问道腹便便，辩口真如银河悬；
皋比萧洒古意宣，诲人或废食与眠；
谈经摘要妙钩玄，读罢子史如参禅；

法语端不落言铨，兴来书画神超然；
得鱼何暇不忘筌，长啸毫挥张米癫；
平居手不弃芸编，正己化人每争先；
当仁不让独著鞭，守先待后志弥坚；
社遍宗圣时勉旃，爱国耿耿热无边；
无计身心为国捐，民饥民溺时忧煎；
昔之班超与张骞，上下俯仰亦流连；
只嗟顽懦终不悛，伏枕于邑涕涟涟；
誓愿苦海泛法船，度彼众生觉皆圆；
第见求书求画相联翩，数斤铜笔大如椽；
神妙直到秋毫巅，精神挥发洵空前；
有时慷慨万言泻鸿篇，读者踊跃口流涎；
三十年来工丹铅，渊天象外得鱼鸢；
敢将情愫贡寸笺，大海何关一滴与一涓。

随缘居士

七　古

山河表里天下奇，湮郁必宣兴者谁；
人言晋材不如古，我闻此语心骨悲；

（借杜诗句）

儒将风流赵次陇，胸罗百氏郭晋城；

（晋中余生平所瓣香）

更有黄岩柯定础，侨居并门以字鸣；

定础生平未谋面，名字人家厅壁见；

不独工字兼工画，笔尖横扫龙尾砚；

一支笔，常在手，万卷书，是良友；

性之所近人难强，体势非颜亦非柳；

兴酣落笔摇五岳，满纸云烟龙蛇走；

远师晋羲献，近慕傅啬庐；

遗貌工取神，笔底有锤炉；

画品雄浑王右丞，胸怀澹泊韦苏州；

与人无忤物无竞，穿破门限任人求；

三晋流寓多奇绝，前代遗迹吾能说；

阆仙客并逾十霜，巨敖早与彭城别；

清有胡稚威，明有顾炎武；

亭林经济天游文，如探禹穴穷岣嵝；

吁嗟乎，人生穷达信有命，

李广数奇辄龃龉，一艺精绝享盛名；

君不见，黄岩柯定础。

徐竹波先生

七古二首

柯君定础我老友，一领青毡并州守；
浮沉人海六十年，书画徜徉到白首；
犹记逊清光绪朝，庚子二月正花朝；
霞城褒文应小试，萧寺结社相招邀；
（时陈旋右于醉棠二君发起结谈心社，于青莲庵讲论文艺）
是时尔我皆少年，意气相投称同调；
讨论经史及词章，月河河畔同游钓；
（光绪辛丑，君馆路桥王源丰，我读书文达书院时相过从）
厥后劳燕各分飞，尺素常随征雁归；
每依北斗京华望，振翮君曾上翠微；
自是君才多超逸，不就部曹就清秩；
（君毕业北京大学，以陆军部主事用，不就，就山西大学教授）
一盘苜蓿冷可餐，浩荡襟怀性泉汩；

汪洋叔度人喜交，物吾同与民同胞；
乐天知命贞素履，闲注虫鱼手自钞；
（君注：有动物学地质学）
更把深情托毫素，碑版搜罗悟真趣；
（君藏帖甚富）
张颠草圣继遗徽；笔下龙蛇动如怒，
我笑丹邱太不廉；欲将艺术一身兼，
既工文学又工字，复把丹青写素缣；
尤有一事人堪敬，群言淆乱宗诸圣，
汇志编成遐迩传；斯文一脉犹未烬，
（君曾主编《宗圣汇志》）
而今老去滞他方；魂梦应教绕故乡；
何日西窗同剪烛，与君携手诉衷肠。

种蕉学书庵绿天，怀素之名万古传；
怀素能书不能画，多能艺事犹阙然；
卓哉吾友柯定础，书画可称两美全；
铜管几斤时常握，一枝大笔胜如椽；
挥毫落纸吟声起，音韵铿锵笔底传；
铁画有如龙戏海，又如剑器舞蹁跹；

近来又复工作画，虬枝铁干蟠云烟；
解衣磅礴元君似，设色迷离王洽贤；
诚哉无愧特健者，声名洋溢满幽燕；
谁知海上忽多事，太行王屋染腥膻；
虽云曾参去武邑，也同杜老入西川；
天下滔滔正皆是，先生蒿目心如煎；
愿祝狂澜手无斧，腰间十万又无缠；
无奈只有排笔阵，千军横扫如摧坚；
洛阳纸价顿增贵，千金喜易争来前；
先生挥之苏涸鲋，甘霖沛地遍大千；
先生迩复喜吟咏，浣花堂里春色鲜；
定有佳句传蜀道，应为老友下云笺；
诗书画久称三绝，将来青史继郑虔；
岂第绿天相媲美，自谓之曰后绿天，
先生未免自谦焉。

宫梦兰先生

七　古

秋风萧萧荐摇落，雁门之雁南来蜀；

闻道河汾子弟群，神契元经弘硕学；
浙东学派重师承，偶著微言皆上乘；
世路茫茫行跌宕，云翻雨复遍相望；
惟有先生不动心，一笑乾坤皆孟浪；
先生学从生物来，万化之怀识胚胎；
剧怜俗士尊人道，天泽谁明人道该；
我昔游并登圣域，洗心听讲神默默；
直指本来斩钝根，士衡从兹翩入洛；
十年心事冷于初，不厌不倦我不如；
卅载光阴归曲沃，能寻真理便真儒；
闲来驱逐龙蛇走，狂奔如唤狮子吼；
（先生有唤狮摄影）
更于纵肆见神工，黄河南北应独有。

七　律

茫茫坠绪垂千载，人道于今烂漫舒；
卅载婆心惟救世，万端孤志抚遗书；
承家世德尊彝古，述统才华落照余；
每醉醇醪评款曲，会真莫谓子非鱼。

张东生先生 高 恩

七古三首

卓哉老友柯定础，鹏城遥远早分裾；
我承诗礼趋庭除，君出游学上京居；
大智若愚实若虚，群经诸史腹中储；
学成南北骋轮车，并州作客卅年余；
诗吟绕屋树扶疏，画擅辋川尺幅舒；
正草兼善钟王书，文藻并播韩柳誉；
洗心来复今何如，文化赖君振沦胥；
守约岂让曾子舆，卓哉老友柯定础。

卓哉老友柯定础，（椒江同学二年）
征程万里早分裾；
志在澄清上京居，鸿鱼远隔音问疏；
棲皇南北骋轮车，并州寄迹卅年余；
诗画兼善钟王书，文词亦播柳韩誉；
洗心来复今何如，有君维持文教安沦胥。

绿天斋头蕉叶苍，主人书画名擅扬；
去年寄晋遭丧乱，琴剑飘零返故乡；
萍踪蓬梗归无定，溯洄彼美天一方；
瞿塘水急流皓月，剑阁山高明夕阳；
锦江中有哀鸿苦，主人慷慨惭空囊；
挥毫落纸得所值，赈灾有愿聊且偿；
君不见，杜老庇寒厦千间，
白傅复暖轻裘万丈长；
二公空言胡实惠，何如主人书画之精良；
主人昔游并州今益州，历历世变几沧桑；
蜀巴旧是汉家地，民俗好斗性刚强；
文翁教泽寻遗迹，诸葛定军访高冈；
发为诗歌或文章，他日归来大增吾社光。

词

人才难得，溯千古曾有几人屈指，落拓书生偏自负，不管神明猜忌。醉墨狂呼，解衣盘礴，颠痴成绝技；假手匡时，书画满载船里，方今戎马生郊，夷羊在牧，烽烟蔽千里；赖柯潭州扇仁风，一枝笔起疮脊；劬心济难，积润赈灾，自苦还自喜；绿天老人，海内谁非知己。

任心尹先生

七古二首

大哉逆旅一天地，藐焉此身生是寄；
达人应作如是观，旅外归乡本无异；
三十年前走上京，同游大学醉春明；
共研博学夸君子，多识虫鱼草木名；
学成各自开生面，东西两处飞劳燕；
五羊治续我深惭，河汾讲学君堪羡；
尼山木铎久无声，聋俗惊闻霹雳鸣；
宗圣煌煌开大会，洗心立社洽群情；
主持报社名来复，更借谠言砭末俗；
名同子夏教西河，实类文翁化西蜀；
促进文化未可缓，规模宏远图书馆；
孔庙不教钟虡惊，杏坛早见诗书满；
一生志趣在临池，草圣曾宗旭与芝；
酷似太原傅青主，书名第一冠当时；
君之教泽皆在晋，晋人爱君倍敬信；
三千里外作寓公，三十年来培后进；

眼前桃李遍门墙，旧日芝兰气味香；
（指刘君芙若、景君梅九、张君兰亭诸同学言）
柳下风和随处好，且把他乡当故乡；
君不见，东坡作诗能起予，
人生何处非蘧芦；
又不见，刘伶荷锸随所适，
人生到处可埋骨；
只有祖宗邱墓不可忘，年年清明时节趣归装；
老友郊迎喜欲狂，莫嫌晋阳归路长复长。

我闻杜陵有笔阵，一挥能扫千人军；
又闻荆卿图督亢，图穷匕首劫暴秦；
毛锥真个能杀敌，丹青笔墨何其神；
不然亦有救世用，如椽之笔能生春；
君不见，书画大家柯定础，
绿天斋头春几许；
画作老藤书大草，腕如游龙势天矫；
此龙到处沛甘露，能洗膻腥润枯蒿；
腥风吹海鲸鲵狂，枯鱼涸鲋满池殃；
西江有水救不得，几点墨胜千石浆；

盛会大开巴山陌，展此嗷鸿施德泽；
一书一画值几何，纸贵洛阳金八百；
先生书画古人俦，囊笔走尽天下游；
纵未杀敌偿救世，儒家老去复何求。

七　律

别后君应雪满头，郑虔书画自千秋；
菊英兰露供清馔，鲲北鹏南任壮游；
轩冕虚荣由洗耳，乡关远道粲登楼；
峨眉绝顶题诗日，曾忆人峰了髻不。

于逸斋先生

七　古

我隔君家不数里，久仰名如雷贯耳；
谁知觌面尚无缘，翘企高山空仰止；
羡君早岁挹芹香，旋弃部郎同敝屣；
束装西去太行游，英才乐育岂他求；
有心人道传教化，几忘王粲长倚刘；

太息越材为晋用，南中当道胡梦梦；
林泉啸傲寄意深，名利两忘洵迈众；
有时驱笔擅临池，既工绘事又工诗；
门前立雪盈桃李，不效雄飞甘守雌；
闻道于今三十载，河北士林咸爱戴；
我为先生赞一言，春风时雨犹未艾。

张毅蒡先生

七　古

黄岩奇士之柯子，清季来游太原市；
皋比坐拥三十春，春风风遍万桃李；
课余常结邦之人，大声疾呼启后起；
岂惟社会谋其新，欲广洙泗到欧美；
羡君精力何其高，每逢食后勤挥毫；
吴绫宣素案头满，三斤不律能手操；
手舞足蹈歌声发，须臾百纸神弗劳；
书成破体烟雾结，张索羲献全甄陶；
知君不特喜作字，丹青有时亦游戏；
心知徐赵高下分，神全奚必囿形备；

芭蕉叶大黄花肥，梅蕊含苞略写意；
书画可以闻心声，正气横空不妩媚；
嗟君终以书画名，不才为此常不平；
只今皤皤雪侵鬓，徒令洒翰仍舌耕；
同人知君重君品，醵资馆中共君饮；
因胥各出诗书画，聊作纪念后来谂；
琳琅满目惭小巫，几度筵前口欲噤；
微衷至竟难无言，自信词俚意犹审。

段慎五同学

七古二首

谁谓三光明，有时薄云遮如盲；
谁谓王侯贵，读史百代嗟枯荣；
独有吾师障川回澜历久不磨之经纬，
弥漫华夏为纵横；
教学重格致，立论端务本；
本立然后天下平，神州幅员接沧海；
大义此邦存玉衡；
折冲力主从群情，春风化雨万流清；

（民元，山大风潮起，校当局避往北京，师曾与明斋师同任调解，独主容纳学生意见）

毅决直不计寒暑，笔走龙蛇气云雾；
挥毫落纸倾并城；草虫小楷墨珍宝，
大小总是题仁兄，世人空自说平等，
家家私树门户旌；青天白日终古在；
面目何有时刻更，莫道治水过门不暇入；
大禺高风堪独行，滞此一万八百日，
及门桃李数千子，咸道吾师气象殊可惊。
于今须鬓欲全雪，提笔四顾当万兵；
海天龙虎斗，各争牛耳盟；
东亚霸道横鲵鲸，舆图染色已数易，
飞电又报走狗烹；
生活新兮廉耻尽，一抔国土群分羹。
吾师北来备辛，宗圣功在来复评；
舌唇焦敝三十载，庐舍租赁如长征；
我愿中原土地数万里，黄河流域之苍生，
安得吾师登高大呼，慷慨悲歌闻风起，
也同滔滔奔流万古河水声。

乱头粗服游天真，仆仆卅载并州尘；
画主开来字宗古，此身但作今时人；
光明百代争日月，就里多少桃李新；
纯青炉火煮矿物，如椽大笔翻丹银；
歌声起兮笔落纸，狂风骤雨惊俗子；
数点梅花天地心，清白咫尺寄千里；
歌声罢兮卿云飞，素壁俄顷增光辉；
羞为纤论计工巧，惟悲大义濒式微；
尝谓画心振奇处，扫尽陈迹无顾虑；
识得消息天人通，造物赋态究何据；
暑来寒往如转轮，江山万里依亲仁；
堪嗟世事如流水，众星长自拱北辰。

郑曼青先生

七　古

心间何处非桃源，乐天率性真神仙；
我与定公才数面，肝胆相照岂偶然；
公客并州三十载，我滞江关廿二年；
金丹换骨未足贵，磨而不磷贫愈坚；

有时相笑非所用，忘年且忘愚与贤；
白发朱颜气宇新，掀髯走笔凌张颠；
四始六法待遗意，五十六十学乃专；
古云日暮烛当秉，况公卓午日始偏；
贱子鬓丝等闲白，惭愧人呼今郑虔；
丧乱相逢歌乐山；
人间今昔是何年，何堪俯首望烽烟。

李咏霓先生 道同

七古

高人无得亦无失，身世升沉随所适；
生平悃愊了无华，四壁图书容抱膝；
生有自来性拔俗，弱岁聪明惊老宿；
学优可仕不屑仕，胸怀大志甘守雌；
躬行实践秉道心，至诚接物只和平；
齐家孝友人无间，乡闾族党交相称；
淡泊身心自飘然，世态炎凉忘懊恼；
一介不取亦不与，道貌森严慑群小；
富贵情怀若弁髦，讵将苜蓿故鸣高；

河汾讲学希先哲，造就英才乐自陶；
游情翰墨乃余事，书绘精神满大千；
盛享荣名五十后，神奇直到秋毫巅；
人情安土岂重迁，晋地居留三十年；
顽廉懦立闻风起，博得清高两字贤。

宋拙农先生　景　清

七　古

柯子南来走燕冀，原是步兵起江东；
我一粗迂田舍老，相与握手云山中；
君精博物学，我慕英算功；
同执山大教学鞭，日夕笑语意相通；
但聆断事如老吏，年年处世却孩童；
图书伴，纵横碑碣时磨砻；
探玄钩其本，真理剖蕴藴；
文章见辣手，心渊虚且冲；
春山如笑冬日温，不执不著心空空；
静观更事三十载，事事安排有始终；
忽论国事排山倒峡滔滔大河昆仑泻，

意之所至言由衷；
有时独坐唏嘘长太息，炎黄何事生内讧；
拊髀忘家事，仰天悲人穷；
典衣借米寻常事，尊经翼教热忱融；
小人之德草，君子之德风；
草檄万言神州动，雷霆声震千人万人耳欲聋；
优哉游哉老将至，入座抵掌谈锋仍昔雄；
昔年厄运艰身世，中间坎坷心忡忡；
至今泰运来否极，孙子衍庆歌麟螽；
闲来作字兼作画，幅幅丹青走蛇龙；
足蹈手舞裂眦大叫首飞蓬，我今行年六十六，
世间几见如此东方曼倩无名公。

王正山先生　乙　东

七　古

定础先生吾老友，一别卅年成皓首；
人生遇合动参商，我在江南君山右；
文星耿耿曜天台，报道先生故里回；
久别情怀时倾倒，相逢喜逐笑颜开；

吾年六五君六十，君已乘车我戴笠；
茫茫世宙复何论，荣辱相忘下车揖；
忆昔椒江同学时，八股文章六韵诗；
文成雅正清新体，诗拟和平浑厚词；
男儿岂肯事章句，投笔高翔入云路；
人皆逐鹿望中原，君独欣欣行吾素；
早岁风云会上京，悠然书剑寄幽并；
光阴百代如过客，霜雪惊看两鬓生；
振铎太原三十年，公侯将相皆后辈；
龙蟠虎踞蜗角争，一代英雄今安在；
人生知足心自宽，懒看棋杆半局残；
有时晋帖间摹仿，或画淇园竹数竿；
字出钟王成一体，天池画肖兼二米；
落笔烟云纸上生，明净山光经雨洗；
三径依稀松菊存，乞书亲友纷踵门；
浑洒自如手不倦，长留到处翰墨痕；
吁嗟乎；千古帝王争世守，谁是功人谁功狗；
如何物外任逍遥，书画琴棋诗与酒。

七律四首

卅年旅晋忽归来，此日相逢笑口开；
桃李满门承雨露，琴书半壁老尘埃；
千秋几历红羊劫，两鬓惊看华发催；
尔我年华均六十，拟携诗酒好追陪。

英雄事业足千秋，蛮触相争何日休；
南北六朝思代马，东西两汉孰安刘；
卧龙矢志酬三顾，雏凤无心展一筹；
且喜归来松菊在，徜徉岁月乐优游。

杏坛久已失薪传，宗圣情怀信口宣；
夜雨巴山思旧友，春风马帐集群贤；
换鹅时写兰亭帖，拜石应嗤米芾颠；
竞说洛阳曾纸贵，伫看笔下起云烟。

少小年华白日驰，忽逢老大转相思；
椒江月下谈心夜，桐屿山前握手时；
西北霸图曾几辈，东南名士属伊谁；

跻堂且进霞觞祝，耄耋期颐再献诗。

许卓夫先生

七　古

昆仑山来八千里，中有将相与天市；
南岭山脉行复行，蜿蜒神龙于焉止；
水秀山明近天台，牛狗两峰相对峙；
地非邹鲁亦弦歌，山川灵气钟二屿；
其间名世有哲人，绿天阴里柯夫子；
教化太行三晋中，门下炉熔万千士；
下笔龙蛇长起舞，有如雷电与流火；
浩气能使神鬼惊，文成感动东西土；
飞笔万言铁案提，何啻炎黄振旗鼓；
骋怀常在千载后，哓音人道宁辞苦；
先忧后乐夙在胸，时人意见常相左；
平生富贵如浮云，啸歌早脱名场锁；
吁嗟乎，北方人士几生修，天与之用材生楚。

陈醉洋同学

七　古

吾师柯子别台州，寄晋卅载娴樽俎；
沉潜敷教绍河汾，洁白操持抗巢许；
昌明大道依宫墙，敦笃彝伦昭秩序；
维持礼法似干城，整顿精神如军旅；
人言讲学之清高，我谓希贤慎出处；
搜谈事物采𬨎轩，参证诗书乐钟簴；
著成哲学广流传，兀兀穷年无寒暑；
综合万殊一贯通，创论三仁百般举；
（先生以美学讲解殷有三仁章，上下今古发挥尽致，沉痛精深，言言有物，发前人所未发）
化行人信君子风，苍颜白发神仙侣；
宜乎海外仰令名，也来问字窥余绪；
睽违函丈四十年，每思立雪关山阻。

七　律

一枝铜管缈云烟，洒向人间雪浪笺；
笔势纵横开妙趣，墨痕浓淡有余妍；
争传纸贵信舟岛，悉待书成满米船；
客路相逢快如愿，先生方便胜前贤。

李桂夯同学

七　古

夫子道艺自有方，荣名遐迩历沧桑；
我昔埋头在故里，高景仰止久彷徨；
壮年负笈走并门，时从夫子相商量；
启我本来书画性，自愧至今愿不偿；
夫子情怀本豪放，精神泼泼发苍苍；
龙蛇走笔开生面，兴来点画生光芒；
细读文词与语录，天然正气何可当；
耳濡目染入陶铸，私喜三生忝门墙；
转瞬几时便分袂，揖别欲行不忍行；
今年应试重来拜，我见夫子更昂藏；

问我别来忙何事，答以书画仍未忘；
但见案头排诗稿，半是翠羽半明珰；
云是北来恰卅载，师友纪念大文章；
我闻此语怦怦动，退掇俚词喜欲狂；
尘羹土饭乃本色，敢进芜笺侑一觞。

吴震华先生

七　古

公自南来三十年，慷慨仗义遐迩传；
时雨春风浃汾晋，及门桃李遍三边；
中藏强国志，卓尔障狂澜，
唏嘘天下长滔滔，策杖文瀛气无前；
闲来耽书画，嚣嚣自在观；
有时登坛宣教化，有时仿佛比陶潜；
秋玩篱边几种菊，登楼俯仰伴万篇；
不问人间名与利，举头天外解尘凡。

张铁锋先生 亘 历

七 古

吾家草圣雄千古，挥手云烟动毫楮；
绝艺千载谁与传，黄岩先生柯定础；
先生奇气欝胸中，奔放腕底生长风；
婉婉飞龙腾云汉，矫矫天马行长空；
怒如疾风啸猛虎，激如角弓飞动弩；
快如良骥奔轻车，屹如荒服耸铜柱；
怪如奇石虬古松，险如骇浪啮画橹；
激昂感慨荆卿歌，顿挫浏漓公孙舞；
友人来自古晋都，一幅赠我柯子书；
乍展精光射户牖，神奇鬼怪扑人躯；
更言先生老犹健，临池功深过羲献；
长缣短幅宝琏瑚，予取予求不汝厌；
我闻技本寓于道，驭气必先养其浩；
气足神完已难能；神与气化更为宝，
先生学道功已深；鼓其天倪任无心，
书成牝牡骊黄外；别有所贵重南金；

一切舍施本佛法，随缘而遇意浃洽；
况复心已无或亏，安能褊隘如某甲；
闻说先生画尤奇，三绝更工摩诘诗；
他日邂逅并州道，骑驴且当一访之；
时在乙亥月夏五，醉后把笔逞妄语；
莫笑书生爱论量，丰干饶舌佛所许。

高雉梁先生　凤　藻

七　古

先生丹邱之裔孙，宗圣讲学久并门；
神与天游心耿耿，撷搜国粹愿长存；
经术经纶怀抱玮，笔翰力屈千人军；
黄绵可爱类冬日，无心出岫如春云；
瀛湖来复惯相见，晨夕居依大成殿；
玄要钩提邹鲁心，端倪豁露乾坤面；
只手掀翻造化炉，分阴珍惜流年箭；
堞开百雉拥书成，谱注群芳骋学战；
挥毫快轶逐电骢，自成花卉不雷同；
倒垂怪石藤萝月，亭立明漪荷芰风；

松苍梅红水仙白，葡萄紫架绿天中；
不拘格局饶生趣，色色形形尘一空；
先生画创古画上，先生书与古法同；
泼墨叫跃乐弗疲，坦荡胸襟泯惆怅；
我逾知命寡艺能，欲从末由徒懊丧；
此翁运腕善传神，血性浑灏流天真；
板桥寂阒米颠邈，今亦胡多让古人；
怡然物外足游戏，君子忧道不忧贫；
心轻万事鸿毛毳，百炼金钢煅乃身。

苟继禹先生

七　古

教学闲暇登云顶，山涵秋影尘俗回；
我初步至全生门，畴昔沉醉倏忽醒；
满山青松秀姿挺，清幽入目沉疴拯；
人生得此安乐居，蒲轮招之应弗肯；
定础柯老黄岩人，天赋真诚秉性淳；
童颜鹤发仁者寿，目光炯炯闪精神；
一言四出和若春，老幼见之弥可亲；

上下高山步似箭，康捷如飞矫健身；
我昔旅居在三晋，渊照楼中识温润；
高仁大德彻海隅，耳闻至名衷心印；
绿天斋屋我重进，温良照人鄙陋摈；
柯老操笔大如椽，龙蛇飞走至轻迅；
三五之夜山月明，柯老牵我斋内行；
皎洁月光光四粲，银龙须发显晶莹；
高歌明月吐生平，蟋蟀鸣兮声响迎；
树影斑驳婆娑态，光彻四壁清辉盈；
我云何处无明月，我云何处无闲关；
但少空阔吾两人，心类泉渊名利竭；
柯老闻之笑颜发，飘逸之情弥显越；
不加可否恬澹心，默存久之语言歇；
卫君怀杰识高超，默默守玄诚不骄；
弃官随师十七载，柯老期其浩气昭；
我与同门志远遥，郭师渊懿传薪樵；
迄今回忆畴昔事，德师云亡话萧条；
迫晓朝暾初出日，金光灿烂辉丽质；
云霞美懿四敷升，中悬硕大般红实；
红实幻化景不一，瞬息苍狗变态疾；

一山云色气万千，阴影清邃显疏密；
薄暮落霞澹秋罗，俄似高山俄似河；
峻极楼台失所在，云物空杳悬顷俄；
顷俄绮美眼前过，澹澹银河泛碧波；
俄而星稀明月出，婵娟皎洁颂婆娑；
松涛昼夜传声响，怒吼之声似泱漭；
此响有时类游丝，清绝可人世无两；
郁欝森严至苍广，隐居于此身心爽；
松柏岁寒知后凋，百世取则堪钦仰；
遥望四围远近峰，峰峰葱翠环护中；
嘉陵江水荡秋影，上下船迎往来风；
此风迫天浩气充，飘彻南北飘彻东；
翩翩来去无窒息，披襟当之快我躬；
千年老大银杏树，枝叶扶疏寺庙护；
苍老庞硕伟干躯，散处深山天年固；
不知春夏与秋冬，翻得长养其天素；
有时明月透松林，暮鼓晨钟间鸣禽；
万家灯火沙磁地，上与天星相照临；
人灵可夺天公心，灵之博兮迈古今；
此灵人类沾休泽，一元探得福弥深；

云顶山色景象万，云顶高峰迫云汉；
山色幻化顷俄中，别有天地尘俗判；
美不胜纪劳心算，一一载之费辞翰；
我无诗人李杜才，对此山色增感叹；
居此山顶心气豪，逍遥厥身炎暑逃；
一尘不染心情旷，恬畅有如饮醇醪；
我今居此意陶陶，澹澹为怀清性牢；
放眼纵观天地态，俗习离身听秋涛；
一月居此精神洁，留恋清幽不忍别；
登山临水古人心，山水移情五内彻；
柯老诀别言真切，依依至情溢唇舌；
祥和及人类春风，长怀大德仰高哲。

江元龙先生

五律四首

卅年为一世，世事几沧桑；问鼎迷蕉鹿，衅钟悲饩羊；
君穷犹作达，我老不能狂；回首春明梦，相看各鬓霜。
（回忆同在京师大学时已三十又二年事矣）

早别天台去，从幽遂入并；传经尊古本，（前京师大学堂被称为古本大学，民国后改名北京大学，为今本大学）博物识新名；（君入第四类，专习博物）地有龙蛇蛰，人无猿鹤惊；此邦原可乐，更拥百书城。（君首创晋省立图书博物馆）

书中多岁月，闭户耐幽寻；朝海同宗圣，探源各洗心；伫看七日复，常惜一分阴；（宗圣会、洗心社、《来复报》皆君半生心血所在）城阙经行处，青青见子衿。（君久居文庙。庙在城隅）

中年何所好，结习在临池；煮墨情逾沸，（君爱煮墨使沸热，然后命笔）挥毫兴自驰；兴余兼作画，情至亦吟诗；即此优游足，承欢况有儿。（君五十后得子）

王庚身先生

五　律

步武河汾迹，先生果硕儒；教宏三晋士，学富五车书；濡墨宗坛坫，传经继石渠；令名高泰斗，并冀满荣誉。

冯汝骥先生 儁 珊

五律六首

三十年来客，并州俨故乡；黄岩灵秀毓，白社姓名扬；
弓冶承家学，图书蔚国光；河汾千里润，教泽共延长。

立志超流俗，持躬迈等伦；浑金兼璞玉，羽扇复纶巾；
尔室芝兰近，为庐壁垒新；文湖平似镜，何处著纤尘。

自识春风面，于今十七年；（民国七年，余充图书馆文牍，为与定础识面之始）章篷犹未改，衣钵信能传；
作画金针度，谈经木铎宣；趋炎原不惯，冷落守青毡；
异说喧豗日，坚持道德篇；云边翔一鹤，堂下集三鳣；
涤笔呼红雨，烹茶散碧烟；聚餐怀曩昔，秩秩与宾筵。
（定础与余先后卒业北京大学，历年校友会餐，彼此咸与）

鹿洞鹅湖外，高风孰与侪；陶情娱翰墨，闻道悟根荄；
桃李梁门在，琳琅邺架偕；绿天垂荫美，遥接得心斋。

本是圭璋品，光韬渭水湄；万流争仰镜，十载久垂帏；
轩冕泥涂视，宫墙美富窥；孔颜真乐处，愿与共寻之。

世变斯为亟，茫茫一海田；居常寻让水，饮不到贪泉；
开馆宜今日，浮江忆往年；北方诸学者，闻道莫能先。

七律四首

图书开馆话前缘，忝附同舟望若仙；
（民国六年，本省创设图书博物馆，君任经理，余充文牍）
东井星占贤五百，南楼云集客三千；
曾从海岛言提耳，不向洪崖更拍肩；
江浙由来文化薮，北方宿学几人先。

宣扬文化振纲常，岂但玄风拜老庄；
流水行云观自在，高官厚糈淡相忘；
鸢鱼悟道寻真乐，蟋蟀论诗戒太康；
居易养闲移气体，和神煦煦蔼春光。

卅年久作并门游，我亦追随傥可侔；

（君以前清光绪戊申二月到晋）
权借酒杯浇旅况，幸从图画纪春秋；
庇寒工部千间厦，高卧元龙百尺楼；
自愧菲材涉书史，群经生物强冥搜。

黄岩山色信先姝，钟毓如公德量殊；
花甲称觞斟玉醴，草书泼墨试金壶；
希贤信已窥经奥，宗圣真堪味道腴；
愿祝期颐登上寿，精神矍铄自堪娱。

杨士京先生

五律四首

岁月堂堂去，流光似转轮；关山愁失路，羁旅怅劳薪；
必世居游稔，此邦风俗淳；如归宾至誉，何事忆鲈莼。

国学联镳日，输君蕴异才；葩经多识美，化石古生骸；
雕鹗青云盼，骅骝远道开；晋祠风物好，桃李手滋培。

道未坠于地，文犹丧自天；争谈瀛海学，淆杂古今传；

志愿绵一线，功能障百川；煌煌庙碑字，瞻诵笔如椽。

孤矢平生志，迁良世共钦；登楼休作赋，弹铗未成吟；
晋用楚材意，鲍知管契心；晨风诗可咏，两地寄遐音。

李庆文同学

五　律

夫子胡为者，江东河北迁；经营蒙学后，（三晋养正各校皆夫子倡办）祭祀大成先；（夫子时随丁戊祭祀）
并地几何载，程门多少贤；高山长景仰，令闻万斯年。

吕瑞麟同学

五　律

翼教今谁属，吾师硕果存；渊源基家学，杖履式人伦；
游艺天真葆，传经大义尊；乾坤原逆旅，安宅是并门。

王绎亭先生 泽 闿

五 律

卅载皋比拥，穷经鬓欲皤；书成超北派，梦幻笑南柯；息战戈宜止，（定础绿天斋偶录有群蚁战斗，尸骸狼藉一则，洵有慨乎言之）衡材镜乍磨；买邻常宅近，朝夕答弦歌。（居与常赞春巽隔壁）

周载熙先生

七 律

他日重思话旧情，到门咸说昨先行；
骊驹早已歌三迭，鸣雁高飞奋万程；
渭北江南人共望，浙东山右月同明；
黯然又是天涯隔，翘首关山别绪萦。

相逢携手笑开颜，阔别情怀忆暂陪；
归燕此时惊北去，飞鸿何日向南来；
人因老至频思友，我惯闲居愧不才；

准拟西窗同剪烛，快谈时事酌金罍。

郝燕庭先生　鑫　海

七　律

文章道德可千秋，爱国光芒异俗流；
处世早闻高士躅，飞觞亡备庾公楼；
不妨洒墨留弦佩，尤冀联吟慰旅愁；
逖听征车悬近域，瓣香顶礼溯南州。

哲人感召识机先，野战玄黄罹厄年；
朕应河清劳梦寐，巢悬幕遽策安全；
山居未解陈蕃榻，水榭还盈茂叔莲。
高柳（下佚）

蔡寿甫先生　恺

七　律

古篆雄文拥将坛，尽驱春色落毫端；
乞书不厌吾人琐，赐墨频添阅者欢；

势绝崩云疑举凤，锋如垂露擅惊鸾；
龙蛇此日辉蓬荜，入室还应洗眼看。

郑平甫先生

七　律

龟山蔽鲁耻危冠，不羡雄飞暂屈蟠；
画擅烟霞留粉本，诗成珠玉绕毫端；
门墙立雪垂名久，器宇凌云到处欢；
翘望文旌旋梓里，新阴桃李属春官。

谢展甫先生

七　律

并门风月足徜徉，久客他乡亦故乡；
异代萧条元好问，满船书画米襄阳；
琳琅墨宝传邻国，（外友只倩余代干先生绘不下千余幅）澹泊襟期式朔方；
闻道精神如海鹤，会当把酒醉千觞。

裴星冕先生

七　律

蒲艾香秾节序更，瀛湖侧畔客星明；
簇新世纪堪珍重，投老文章仰令名；
鹤发方瞳兼福慧，兰芽玉笋羡峥嵘；
裁诗敢为先生寿，聊写乡关景慕情。

邓诗龛先生　振瀛创办北京万生图者

七　律

九迭云山紫气多，尽容一老日婆娑；
诗书画并称三绝，晴雨阴呈景万罗；
别有洞天偏避寇，欣逢佛地自降魔；
西园早种瓜堪折，隔舍花如雪护窠。

赵次陇先生　戴　文　晚号清凉山人

七　律

早岁担簦走上京，壮游卅载住幽并；
新知体物诲无倦，国粹关心教益宏；
天假耆年为木铎，君真人道作干城；
丹颜雪鬓祈鲐耇，祝嘏诗篇晋寿觥。

王子伟先生

七律二首

名齐敬仲溢神京，（敬仲常居圭章阁先生遇宝藴楼）品重奇纯（柯维骐字奇纯，编《宋史》，三十年成）客古并；
卅载留余明德厚，三端避尽树模宏；
情怡金石兼诗画，性养图书富府城；
惭愧识荆逾十岁，介眉犹缺捧银觥。

蓴鲈几见忆江乡，卅载并门主上庠；

藺幕韩瞻情共切，米书吴画静逾忙；
泰来不羡千钟禄，老至浑忘两鬓霜；
十五年来承麈诲，升堂宛似暴秋阳。

江宏章先生

七　律

大隐何须远市尘，清高恬退任天真；
笑和弥勒龛同坐，健羡纯阳宫结邻；
一脉传薪希学圣，四时得气富于春；
文翁教泽听弦诵，卅载躬扶大雅轮。

王锡九先生

七律八首

负笈春明肄习勤，绿衣年少镇嶙峋；
理精格物心徐广，志切匡时道自醇；
夫子宫墙（先生居文庙斋室已廿八年）
资翊卫，经师矩范在彝伦；
并垣讲座尊耆宿，三十年来德日新。

破浪江天一叶舟，神京讲习学而优；
及门桃李称多士，作客幽并纪壮游；
三十年中碑在手，四千里外雪盈头；
金壶墨洒龙蛇影，坐拥书城万户侯。

狼孟城南此卜居，明窗净几作清娱；
醉挥斗墨沾襟袖，坐对湖波俨画图；
兰玉竞培佳子弟，仓箱只积古诗书；
卅年事业堪珍重，隔岸遥邻有道庐。

花满宫墙书满家，砚田墨沼课桑麻；
篮车襁负趋庭鲤，湖墅门停问字车；
卅载文坛弛令誉，一生天爵镇清华；
词锋曾摄封修胆，作作铓铦古莫釾。

字挟风霜笔有棱，修罗却步慑威灵；
暴书楼敞冰壶彻，洗砚池开玉宇清；
挥麈谈深崇正论，伤麟志切抱残经；
卅年弦诵延文运，道衍河汾一典型。

乡思萦回路几千，湖山暌隔卅余年；
一廛襟带留鸿爪，几亩桑麻植砚田；
翊教勤劳绵绝绪，谈经意志显薪传；
儒林文苑都无忝，正义艰危仗铁肩。

福慧修持德不孤，双清心迹托冰壶；
一门桃李珠生树，卅载弦歌凤引雏；
珙璧缣绡霏墨雨，神仙游钓重瀛湖；
德星夜聚干天象，争绘耆英禊饮图。

鳌极归来一客星，关怀旧雨叩幽扃；
惊心蛇壑山中历，握手鸥盟水上亭；
瞬息已周新世纪，交情还念旧居停；
瀛湖从此留佳话，写向虚堂作画屏。

欧阳翥先生

七律二首

绿天胜处著神仙，记得洪厓共拍肩；

健翮冲霄浑似鹏，清淡妙绪涌如泉；
白云自欲怡弘景，三绝人争比郑虔；
踏遍烟霞成独往，名山长住亦前缘。

烟光满室起沧洲，门对双江掩碧流；
两阙中分天北极，孤城遥忆海西头；
山含苍翠情疑雨，地涌黄云麦作秋；
试向神州开倦眼，仲宣无意更登楼。

陈梦峒先生　浩　平

七律四首

漫说多年旅舍中，风光应与故乡同；
墨痕处处留张旭，姓氏家家识放翁；
卅载果然如一日，重华何必返诸冯；
相逢三晋新名士，都道先生教化功。
（先生充山西大学教授有年）

躬行道德作堤防，钦佩非徒翰墨香；
博物果符君子誉，（先生教授博物）

择居犹在圣人乡；（先生为图书馆长，
馆设文庙中）
棲迟东郭师炎武，退老西柯效卜商；
他日祠贤数先哲，定知俎豆荐馨香。

种成桃李满并州，不负南来一壮游；
药俗移风钦有自，乐天知命竟无忧；
林宗久已孚群望，靖节依然励素修；
多少名流争附骥，题诗祝嘏寄书邮。

从教凡骨换何年，壮不如人志益坚；
愧我家传声未振，欣君棋局著争先；
论文入细机堪引，敲句生新会有缘；
翰章当时沾溉遍，只愁踏破铁门禅。

吉　德先生

七律五首

霸寻词坛复艺坛，兰陵致仕足为欢；
心存济世老弥笃，度似澄波海样宽；

且注虫鱼兼草木，长留翰墨丽铅丹；
居贤善俗庇三晋，合是辽东管幼安。

鲁殿灵光今见之，岿然庄子大宗师；
诗书委地何人惜，圣道承天长者支；
座上纷来冠盖客，门前秀绝李桃枝；
惭余朽拙无成就，也坐春风晋寿卮。

三晋云山寄英贤，老来宗圣泮池前；
上丁俎豆中华在，二酉图书道统传；
不觉童颜生白发，且将古训教青年；
东南毓秀成西北，福已逾恒学报天。

幸仰鸿仪粹益真，斯文骨肉倍情亲；
万方多难危炊剑，卅载论交久饮醇；
卫道尊经修福慧，敦诗说礼见儒纯；
欣逢纪念胪欢日，晋树江云企望频。

汾上流风古道存，书来宿梦得重温；
追陪高躅留诗卷，想象虚堂照酒尊；

老辈多情能好客，先生无欲已忘言；
卅年几许添霜鬓，且看瀛湖长旧痕。

梁硕光先生

七律二首

黄岩草圣挺柯公，飞舞龙蛇见化工；
逸少有知惊可畏，坡公再起羡争雄；
迩来寄托兼诗画，到处精神幻色空；
卅载并门忘得失，入人深处是谦冲。

竞说柯公是好人，相逢一笑见天真；
曩工博物多才艺，独绝章书动鬼神；
希圣希贤酬夙愿，学诗学画了前因；
汪洋雅度推黄宪，千载知交孰比伦。

南佩兰先生　桂　馨

七　律

卅载光阴速转轮，情长感旧复纪新；

诗文远近投桃李，水土居移有浍汾；
画逸南齐超六法，书遗东后不孤邻；
清臞少庄童颜老，孰谓镬铿八寸唇。

陈松涛先生

七　律

数十年来旅客愁，逢君倾盖古并州；
舞章妙句传班马，书法挥毫效褚欧；
桃李门墙观化雨，芝兰气味愧同舟；
先生归去重来日，两袖新诗雁宕秋。

徐晓园先生

七　律

总角论交均白首，晦明风雨已忘年；
（余叨长定础十岁）
河汾主讲长为客，正朔春王启寿筵；
（时在旧历正月）
教育史中大人物，耆英会里老神仙；

一枝健笔卫生术，墨宝流传后绿天。

卢电非先生

七　律

霞城一去作师宾，道德文章著绝伦；
奇纯辞辟真超俗，敬仲含光信出尘；
讲学河汾镕将相，临池羲献策精神；
综观三十年来事，老至遑知客里身。

陈钝簃先生

七律四首

耆旧吾乡柯九思，斗杓瞻望到三垂；
行窝邵子尽人契，陇畔孙期有士随；
寰宇人纲悲失坠，仁贤常道切维持；
壮游白发未归隐，筋力伊川尚盛时。

不为功名禄马羁，醒来蕉梦叹迷离；
联盟洗社风犹古，论学鹅湖行可师；

朴学羊裘轻将相，清遒狸骨擅繇羲；
郑公到处人钦仰，几见流离息讲帷。

师儒正脉尊王陆，世胄高名早出群；
刘溉祖孙真不忝，杨愔叔侄总能文；
神州熔铸新文学，鲁壁穷搜古典坟；
西堂灵运又入梦，国学渊源久著闻。

并士倾谈三十年，觵觵德量侣渊骞；
阳明儒术兼经济，伯厚纪闻见性天；
世乱能令正义重，书成应有好碑传；
海滨邹鲁试回首，台学于今已荡然。

应祖耀先生

七律三首

二十年来想见公，心怀御李愿犹空；
道宗王陆源何远，学守程朱誉自隆；
况以三余工绣虎，更兼八法擅飞鸿；
并州卅载人沾泽，桃李盈门仰惠风。

寇氛扰扰几时休，人道凌夷更可忧；
世少良才支大厦，公真砥柱障中流；
苦心文把金针度，著意才从铁网搜；
最是幽并好风土，如斯避地复何求。

一纸应同老郑虔，饥民施惠万千千；
昔年鸿爪并州寄，此日鸾踪蜀道边；
念切仁慈怀往圣，貌偏潇洒拟行仙；
世间坐拥仓箱者，几个曾为涸鲋怜。

戴觉民先生

七　律

钱塘潮又仰昌黎，自入桃源岁莫稽；
甲子半随人绛数，渔郎重指我津迷；
未甘三绝诗书画，不患四邻东北西；
此日文开他日盛，天台寿与三台齐。

左邱评先生 治 国

七 律

浑金璞玉古君子，旅晋于今届卅年；
育德牖民多杰作，含光隐耀异时贤；
任教苍狗浮云变，无碍临池染翰缘；
我愧无才兼负疚，箴言新观绿天篇。
(君著《绿天斋偶感录》，多见道之言)

柯益畅先生

七 律

并州事绩著儒林，公得心传彻古今；
大学熏陶多少辈，高山仰止百千寻；
卑尊自愿亲光霁，远近人思泽沛霖；
天下青年忙问字，鸳鸯绣出度金针。

词二首

绛帐似关西，桃李如梯，声光电化学新奇，弄月吟风

时不废，攸往咸宜。浙水立蓝基，汾水青齐，师高大弟乐攀跻，翰墨烟云共寄傲，乐育宏兮。（调寄浪淘沙）

梦里家乡钓游惯，圣域贤关，遂作公羁绊，春雨春风吹道岸。人间乐趣抛千万，履睹方山龙寺观，石上题诗，扫去苍苔看，九洞相连神象璨，钱塘亦有西湖冠。（调寄《蝶恋花》）

呼延鑫先生

七　律

精勤书画一诗翁，六十容颜犹是童；
有术养生长不老，多能游艺每相通；
凤龙跳卧漫天雨，籐卉飘摇扑面风；
三十年来声誉满，才华高表五云中。

卫晓岑先生　重　楼

七律十首

磬台底事响叮咚，玄圣安怀已劫空；

赖有书箱存国学，还兴礼乐正乡风；
理期实践宁辞苦，志在传人不厌穷；
千仞凤翔霄汉迥，何嫌肥遁溷尘中。

绕过平湖又玉田，而公的是地行仙；
心如止水容霜月，身似寒瓶著石莲；
仲素移床居近圣，季真下榻礼亲贤；
回头却忆观元日，文采温如论峭然。

占春不律亦何荣，佳制传看已满城；
静扫白云寻谢草，闲锄明月种湘蘅；
掣毫溟海共鹏舞，挂腕峭崖腾虎行；
千载太清夸墨宝，楼中直合勒芳名。

传家摩诘许谁论，喜见南朝六法新；
索象通灵挥顾闭，脱巾穷态重冯邻；
无心泼墨分河汉，有意披图格凤麐；
最是齐烟九点笔，状情真个夺天神。

珠玑屡见泼云笺，别是胸罗丹篆篇；

道衍苏湖法广被，文追屈宋志弥坚；
三秋饱看黄庭句，九载常怀白雪眠；
图府词林成学海，传家不改旧青毡。

桃李阶前竞向荣，河汾讲席倍蜚声；
闭门解诂思常健，对客挥毫兴自清；
久羡荷蕖怡茂叔，行看洛赋重张衡；
鳣堂我亦来瞻拜，愿坐春风慰此生。

神丹服自敬天休，说法还教占上头；
树德田腴滋饱乐，风声木秀种忘忧；
不羞抱瓮全真质，为觉乘桴好远游；
秋水濠梁诚胜境，人间今再见庄周。

白云留住大罗仙，庐结湖东号绿天；
斯世犹钦君子范，此生不乞美人怜；
焚香煮茗消长日，倚石观流养大年；
酾酒斜亭聊远祝，溶溶霁月照堂前。

珠玉随风落管城，衍波笺到度云惊；

分甘远惠投瓜意，临席遥思馈水情；
我梦优昙开佛宇，公怀白雪走瑶京；
何当手鼓孙卿瑟，坐听南园夜读声。

无复纤云累太清，息园我亦梦庄生；
何劳叔向登堂贺，难却严公枉驾情；
好古缘因甘澹泊，读书岂竟为功名；
相逢正喜相寻乐，记取南厅说笑声。

裴冠英先生　冕

七律十七首

结庐市近九馗津，坐阅沧桑六十春；
老友童颜原寿相，交无俗韵见清真；
道高定衍羲皇侣，笔妙应知傅赵邻；
待乞永嘉虔素篆，五云长护法华身。

日劚黄精酌沆泉，之公生味比春研；
真源孝友开方业，余事诗文会隽贤；
应化早希张果老，栩蘧雅爱李延年；

采芝新自天台返，多少风人羡已仙。

一火陆浑了却春，泾南无复见耕民；
拖泥争奈打头雨，避焰自安垂钓纶；
塍麦浪从云表度，乡园影在月中陈；
可堪共话劳劳后，肠断天涯苦梦津。

东望谁能障百川，鳏鳏斗帐火藜然；
但余郑侠流民泪，待谱伯牙清石弦；
作客卅年身似叶，怀人万里月当天；
几时放棹文瀛畔，左手持杯右手笺。

不是周流行道时，唐风勤俭惯悽迟；
笔传怀素烟云幻，诗赋渊明景物奇；
世尽好人思普渡，学成无我不闻知；
图书披罢逍遥去，赢得清风两袖随。

苍穹闭塞已多时，积雾重重日上迟；
紫气彩霞行报喜，白云苍狗不须奇；
人心反复疑难测，天意微茫也得知；

莫效灵均徒洒泪，由来清浊不相随。

莫道承平不遇时，沉潜修养岂为迟；
佛能无欲方归正，心到忘机始是奇；
爱国呼号名士愿，毁家纾难逸民知；
听残流水思同调，唱和还将杖履随。

不向繁荣去问津，縻延花甲度长春；
心情自可明空色，欲净常能见性真；
笔阵纵横传拨镫，画禅线索遇芳邻；
重楼遥听华封祝，始信从来德润身。

龙蛇字迹遍京津，山右蜗居不计春；
名士风流从古道，布衣坦率本天真；
品高恒泰寿无量，教衍河汾德有邻；
秉赋知公非类俗，清风明月是前身。

人人愿渡延年津，每为利名误锦春；
素仰鸿仪能脱俗，久钦雅范善全真；
兴来挥洒追青主，醉后吟歌震比邻；

鹤发童颜老益壮，竹苞松茂后寒身。

独操慧眼远迷津，化雨因时万象春；
不二法门求已得，累千文债记难真；
盈门桃李媲前哲，满架图书光比邻；
大德延年花甲倍，神牛天马鹤猿身。

傅子何人敢问津，柯公摹习已多春；
怒猊抉石篇篇肖，渴骥奔泉字字真；
凤舞龙翔颜作侣，银钩铁画欧为邻；
有闲请写长青卉，也是千秋不老身。

久经名利乐林泉，岂问红尘媸与妍；
敛尽锋芒为世重，养成愚拙许君贤；
名书可卜才多斗，大德能知寿万年；
莫谓轮回超不出，凡胎脱去便登仙。

志癖烟霞爱石泉，个中风味有余妍；
节操孺子为高士，和并林宗似昔贤；
画写辋川堪愈病，胸无蒂芥自延年；

新民缥缈期何日，暂作今朝陆地仙。

漱流枕石饮廉泉，淡泊风神态自妍；
花满园林笼别墅，甲藏胸腹比前贤；
大椿古树八千岁，南极真人亿万年；
寡欲清心忘物我，蓬莱何处处神仙。

教泽沾濡等惠泉，汲来分外觉香妍；
河汾设教人师得，桃李盈门弟子贤；
自在逍遥居异地，相逢邂逅属同年；
年临耳顺老弥健，载咏升恒仰笔仙。

卜居密迩洗心泉，感物兴怀景象研；
画寄幽情诗寄老，德招远友酒招贤；
醒狮有意图强国，（先生有《醒狮图》）
附凤无心欲大年；
真人自古原无种，潇洒精神一地仙。

路锡九同学

五　绝

奇骨撑天地，青苍绝古今；满园花草尽，剩有一枝新。

延陵镜同学

五绝四首

设教三十年，门墙遍桃李；我亦沾雨化，莘莘附学子。

性洁名乃澹，道高德自馨；雅量齐黄宪，清风步管宁。

学术宗先哲，词章演骚坛；际此浇漓世，徒手挽狂澜。

墨迹齐怀素，丹青抗米颠；虽云游艺品，亦足奕世传。

伍朗轩先生

七绝四首

黄岩秀毓石清奇，孕育灵根镇四维；
山接天台人寿永，太原咸庆凤来仪。

沉潜磊落见襟怀，小隐汾原竹作斋；
冲淡如如闲雅咏，文催雁字与霞偕。

寄意烟云信所之，不求闻达善乘时；
草书绘素天然趣，片幅长存海鹤姿。

励俗行仁柯定础，北游恒岳化并州；
能销尘劫三千丈，仰止清风莫与俦。

黄子高同学

七绝二首

夫子渊渊不世才，滔滔百代苦堪哀；

神州孰与雄强匹，眼见翻天复地来。

年来坐卧一书床，欲唤狮王醒八方；
彻底如何安寰海，事虽奇特最寻常。
（夫子有唤狮歌）

胥心一先生

七绝三首

三十年来作寓公，表仪末俗挽颓风；
烟云寄意轻名利，愿结情缘翰墨中。

胸怀磊落道高隆，抱负何曾与俗同；
最是提倡宗圣会，并州文化有丰功。

内忧外患两相煎，盼望升平眼欲穿；
国难当前留纪念，强颜为笑恨绵绵。

王念劬先生

七绝五首

豫章栝柏重金銮，耐冷能安苜蓿盘；
千里故人双鲤讯，中想思字上加餐。

玉佩琼琚柳下和，此乡终老即行窝；
幽并自古多豪杰，早为高人办薜萝。

扶风绛帐启生徒，今日相逢两老夫；
珠玉在前吾岂敢，不羞依样画葫芦。

鸡声喔喔消磨易，海水蓬莱几变迁，
我亦湖山曾管领，烟霞只许住三年。

善画工书真爱闲，兴酣落笔开心颜；
随园坛坫东南靡，不解风流管韫山。

呼延兰山先生

七　绝

鹤发童颜历岁寒，擅长书画夺诗坛；
绿天从此成名迹，留与人间千载看。

陈竹林先生　克　庄

七绝四首

道德文章仰典型，右军书法久驰名，
今朝得见先生面，容谷遐思有足音。

放眼图书百物陈，德成游艺养精神；
伊谁领略闲中趣，想见温馨淡远人。

钟鼎图书迹未湮，历朝文物怆如新；
茂先淹博尤多阙，今古收罗尽入神。

珍禽异兽艳生姿，信是平泉草木奇；

鱼跃鸢飞皆妙道，此中乐趣少人知。

魏右卿先生 廷弼

七绝四首

赐书飞递见高情，满纸谦光照眼明；
举善从长谁得似，心香到处说先生。

空前盛会集群仙，福地瑯嬛别有天；
翰墨生涯留纪念，此风不见已多年。

卅年回忆别离衷，师表人伦德望隆；
百度更新躬阅历，并州画景在诗中。

曾从上党仰贤声，铁砚磨穿不厌精；
（先生磨墨机器把一大歙砚磨穿）
无限豪情快倾吐，不知斗转与参横。

毛立伟先生

七　绝

并州书画乐生涯，遍地公门桃李花；
大笔三斤传仁勇，云烟到处起龙蛇。

庞　勤先生

七绝四首

细柳垂垂忆汉南，秣陵重见已华颠；
殷勤为话年来事，结遍人间翰墨缘。

到处春坊纸一空，人尊铁臂绿天翁；
偶然游戏书三昧，艺苑而今数我公。

我翁三绝诗书画，三百年来无此奇，
画走龙蛇书泼墨，岁周花甲始吟诗。
（翁三十始学书，五十方学画，六十乃学诗）

行见长征逐塞鸿，还乡似客太匆匆；
举家纵不思鲈脍，清夜能忘方广钟。

吕翼之先生

七　绝

风尘久事客并州，衣锦归来就与俦；
赢得诗书载满箧，频看新月送轻舟。

七　律

挥毫泼墨起云烟，簌簌飞花落版笺；
势若龙蛇奏妙舞，姿同铁石出奇妍；
归游雁荡看山瀑，拜赐鸿泥坐海船；
到处洛阳争纸贵，绿天椽笔仰高贤。

赵意空先生　蹈　仁

七绝四首

杏花似火柳如丝，正是庞公上冢时；

伊欝吟怀无著处，多君遥递雨中诗。

弃官设帐古幽并，桃李春风大有情；
晋用楚材三十载，门生门下见门生。

朝朝挥洒墨盈盘，疑有龙蛇走笔端；
书到兴酣神会处，浑忘杜宇报春阑。

忆昔韬园同见招，鸡群鹤立想丰标；
诸贤投赠诗三百，寄语衰翁许续貂。

陈梅樵先生 逸

七绝二首

门罗将相文中子，讲学河汾三十年；
培植人才维世运，后来何遽让先贤。

丛编讲解理精明，娓娓而谈四座惊；
觉世牖民功不朽，平凡何愧伟人名。

丁长明先生　文　源

七　绝

卅载并州作壮游，盈门桃李尽名流；
挥毫落纸龙蛇起，海外纷纷重价求。

张镕西先生　耀　曾

四　言

天挺豪英，寄游古并；于今卅载，遐迩蜚声；
人群木铎，吾道于城；风追邵许，梦想黄农；
塞翁失马，老子犹龙；高山仰止，于铄柯公。

贾中之先生

四　言

繄维我公，海内耆者；博闻强记，笃实敦厚；
书擅钟王，学探二酉；翩若云鹤，潜如水藕；

是夷是惠，不滓不垢；孔孟所欲，甘老户牖；
富贵功名，浮云刍狗；方今奇英，绝无仅有；
溯公来晋，卅年悠久；初承太学，博物教授；
诲人不倦，循循善诱；嗣居黉宫，宗圣会首；
己觉觉人，开来启后；民众教馆，而今职守；
社会建设，有碑在口；吾民何福，得此贤叟；
我爱公贤，我企公友；直谅多闻，孰敢云谬；
逢兹令旦，欢迎恐后；俚言率呈，当以琼玖；
彼汾智乐，云山仁寿；惟公徜徉，康强无咎。

秦玉楼先生

四　言

公自黄岩，聿来北地；凡三十载，功存国粹；
初授大学，物格知致；继创学报，来复辄至；
社名洗心，新民励志；毋蔑教化，毋昧义利；
寸心不漓，万物可备；虽名讲学，逮通政治；
复惠士林，创图书馆；到处搜寻，多方集缵；
赵商与铎，舜庙获瑄；并蓄兼收，罗列几满；
亦兴女学，文瀛湖南；规模俱备，文艺悉谙；

精神冠众，远近美谈；或有余暇，经籍沈酣；
绍述丹丘，在画与书；人有来求，慷慨与诸；
不分贵贱，遑问戚疏；长缣短幅，家家珍储；
我献粗笺，虔请挥洒；为写陈抟，人龙天马；
缅想黄虞，安靖中夏；匪濡墨颠，是治安贾；
公始莅并，我才一岁；几时作客，纪年成世；
问字无缘，祝词敢制；日星长明，汾沁无际。

华贞铨先生

四　言

心虚志笃，道高齿尊；言行堪式，书画绝伦；
旅并卅载，桃李盈门；先生之风，金声玉振。

徐其慧先生

四　言

双塔对峙，百代永固；先生高风，与之并寿；
瞻彼西山，汾水长流；先生清节，与之千秋。

李鼎新同学

四　言

柯师定础，在浙黄岩；莅晋掌教，业余卅年；
昔列门墙，执经辩鹳；动植理化，循循口传；
道路相遇，握手言欢；馆中聚首，历叙寒暄；
吉人蔼蔼，君子谦谦；师友情谊，契同金兰；
讲道论德，圣矣是宗；升堂入室，精一执中；
勤学好问，朝夕是攻；新旧哲学，融会贯通；
若论书法，尤所特长；挥毫落纸，几绍钟王；
屏幛匾联，接应不遑；燕齐三晋，名誉远扬；
惟我柯师，澹泊自甘；不愿仕进，金石是耽；
克勤克俭，斋号绿天；著书立说，唤醒愚顽；
赠我书册，惟善为宝；成功百诀，获益多少；
聊作俚语，师德以表；福寿康宁，私心祝祷。

邱峙生同学 宗 鼎

四 言

黄岩之柯，世有令德；显晦随时，学行罔惑；
曾是祭酒，杖乡华国；借甚一门，蔚为典则；
琅琅先生，肇允儒宗；爰在弱龄，亦遐其踪；
陶情绿野，于以从容；自然之美，克致时雍；
叔季陵迟，匪材莫救；负笈京师，上庠挺秀；
谁使陆沉，若身在疚；揽辔何为，苏张已陋；
瑚琏之器，宜居庙堂；贵之至者，屏爵让王；
元亮弃仕，先生辞郎；徒御不惊，一鹤高翔；
高翔奚止，止于三晋；邈矣故都，犹流惠润；
有桐有棠，参天作镇；发我幽情，迪彼英隽；
教于大学，士既有师；发蒙祛蔽，惟日孳孳；
托好书画，世岂能知；龙蛇应手，挥洒移时；
穆穆圣庙，先生是宅；孔颜曾孟，栩栩赫赫；
程朱陆王，俨然坐客；灵鉴非遥，微言解厄；
勤勤恳恳，三十余年；载陶载植，老而益坚；
却秦蕃魏，事媲前贤；盍不南返，盖乐此焉；

繄昔小子，始谒门下；拔之穷途，庇以广厦；
性不偶俗，何论文雅；先生慨然，独余优假；
春朝秋夕，情动于中；谈经讲艺，振起唐风；
被发佯狂，昔贤避世；苟协天和，胡为此厉；
曷若先生，因心道济；感人者深，靡不同契；
滔滔皆是，孰遏异端；孟轲希圣，犹叹其难；
先生于是，守阙抱残；彼汾一曲，寤寐杏坛；
鹤发童颜，晋阳道上；不荷其蓧，人以是丈；
亦曰蒙叟，未闻放旷；薄海推风，泱其德量；
天道无亲，常与善人；晚有英嗣，南陔之春；
彭聃畴匹，再见后身；我歌扶徕，万年互新。

郑文谦先生

词

武林旧游，卅年前，喜逢良友，甚因缘。抛却江南，蜚声山右，苍水风标绝世伦，尼山古道中流守。画书诗三绝，震鸿名，不朽不朽。爱国心，同君有，违心事，君知否，参某行，横逆频加，司空惯受。安命消除阮籍狂，效颦乐献东施丑。盼何时，对榻，话平生，从头剖。

卢　尘先生

词

先生早岁官军部，解绶远游山右。颂晋林壬，卅年并土，蔚作人文渊薮。尊经翼教比敬仲，无惭奇纯不苟。广播管弦，声声扣住纲常纽。春明访我，回浦导游，门下事只宜献酒。鬓雪颜丹，守史如故，犹忆宣南聚首。挥毫飞走，教纸贵洛阳，洋洋众口，初度无觞，重逢如愿否。（调寄《齐天乐》）

张逸仙先生

五　古

吾爱柯夫子，大雅而雍容；怀虚真谷若，目上于天空；
哲学宗孔孟，佛老亦旁通；殊途同归一，群教水乳融；
弃官犹敝屣，布衣傲王公；河汾司木铎，关闽濂洛同；
桃李栽培盛，浑如坐春风；柏松含韵古，兰桂腾芳浓；
西南未解放，双凫降蜀东；学府隐踪迹，吹嘘潜力宏；
红星光耀五，革命竟成功；权舆诸建设，勃勃复蓬蓬；

欣然多喜色，人力夺天工；山水明且秀，仁寿乐在中；渥丹颜如玉，好趁夕阳红；仿佛裴叔度，居然又文翁；公寓文联舍，门墙隔壁通；惠我诸墨宝，请益时过从；文词光牛斗，书画走蛟龙；海内诸名宿，翕然胥尊崇；公年虽近耋，伴侍免孤踪；嗟余增马齿，倩孰扶龙钟；愿君多珍摄，远景幸无穷；每于云月夜，辄复想仪容；奔走兴中国，敦崇尚古风；吟哦声啸虎，翰墨气如虹；澹泊篱东菊，清奇岭北松；献身新社会，抗志侣羲农；史馆推前辈，文星耀太空；忘家先为国，警世早撞钟；屡访高人宅，心余力不从。

七　律

青藤一老世间稀，今又复生正及时；
闲出绪余空绝代，足征寿考过期颐；
悠游幸福共和国，高贵宣传文化师；
燕石知难酬赵璧，东邻长愿映西施。

七绝三首

哲学输君阅历深，坎离颠倒是何因；
展关开窾茫无路，权作渔郎来问津。

卧榻忽临老寿星，下床倒屣不遑迎；
双柑扑鼻清芬甚，佛手携来具佛心。

不才读竟卫生观，方识穷流在溯源；
夷考其行能实践，现身鹤发并童颜。

刘积之先生

五　古

避乱巴渝客，曾来锦里游；初逢如旧识，儒雅自风流；
篆籀先秦上，丹青北宋俦；九思宗嫡派，一贯绍前修；
文格西京尚，诗篇六代优；远辞吴故郡，来客晋诸侯；
桃李栽三晋，烽烟阅九州；绿天忘岁月，绛县记春秋；
山水看王屋，衣冠慕介休；养生超叔夜，学道同浮丘；
饶舌延陵谬，同声蜀野求；清淡霏玉屑，彩笔动银钩；
嵇阮偏潇洒，何羊喜唱酬；暂策青骧去，难将碧辖投；
担仍董养荷，（董养，晋朝人，荷担入蜀避乱）驿有郑庄邮；
鸿雁传天末，梅花赠陇头；话言何宛宛，意绪总悠悠；
夜雨涂山梦，秋风白兔楼；（楼在成都）

春潮期不远，延伫望回舟。

汪可久先生

五　古

去年读君诗，已先尝一脔；今岁九秋天，忽值开书展；
八法绍芝颠，春蚓秋蛇篆；六法宗宋明，顾陆倪黄演；
更有玉琅函，天人分晰辨；义理贵入深，敷词能出浅；
综观所著书，知君今古阐；养生当节欲，饮食戒沉湎；
卧效蜇眠坐，观念回头转；念灭不再生，生即勤芟剪；
境界常惺惺，气息忌俴俴；内养功夫进，外貌祯祥显；
清风天际来，浮云任舒卷；否极当泰来，相期各自勉。

七　律

忽报瑶笺下小斋，浣薇庄诵豁襟怀；
知君笔砚劳心久，愧我行藏与俗乖；
缥缈云山开画境，苍茫身世落天街；
干戈未戢悬觚客，一往深情雁字排。

陈乃圣先生

五古三首

为慕奇逸名，得识柯先生；先生无他好，书画以寄情；
昂昂湖海士，墨迹满两京；画师齐白石，双璜同蜚声；
丁丑生兵燹，先生来石城；有时鬻书画，远近定佳评；
立说挽世运，结社集经生；我聘为导师，应聘感我诚。

悟道玄之玄，游艺神乎神；俨然庄而肃，蔼然人可亲；
克己冬严冬，接物春阳春；为宝量与德，蔽屣金与银；
书画追晋魏，文章出周秦；慕古非泥古，维新不媚新；
居歌乐胜地，接远近芳邻；啸傲云峰顶，变幻饱夕晨；
青灯燃藜火，碧嶂隔市尘；案头惟芸简，户外满松筠；
侍者及门弟，来者遐方宾；好学逾耳顺，延年渡大椿；
元宵后四日，逢师之生辰；丐生逢贽晚，惭笔陋见闻；
祝嘏献一纸，莫嫌俗虚文。

元宵遥致念，求字又尘笺；寿者为书寿，祝公享大年；
航邮殊迅捷，传递纸上言；神驰在左右，深夜犹未眠；

莫笑常相扰，只因心相连。

洪陆东先生

五　古

旅晋三十年，不识名与利；作字本作人，临画岂游戏；
在俗羞雷同，处常不立异；过与不及间，羡君如如智。

张圣奘先生

七　古

沧桑独媚绿天藤，艺苑奇迹得未曾；
紫藤蜿蜒苍岩里，长松倒挂百尺绳；
铁干夭矫卧虬龙，翠叶扶疏起飞鹰；
忆翁避倭太原来，东浙西蜀肆临登；
山川灵气聚腕底，书画笔力扫千乘；
云顶峰头怀浩隐，天风回荡驱苍蝇；
砚田长辟清凉境，笔花飞处消炎蒸；
藤影遥招三秋雁，玉屑横飞六月冰；
泼墨写真神奕奕，飞白作干气腾腾；

悟到养生题句美，菜根真味信自征；
跋涉江山多阅历，临深履薄自兢兢；
烟霞供养卜期颐，卫公懿戒祛骄矜；
海内诗人丹青颂，泰山北斗人俱称；
乘兴挥毫赓逸韵，精深超妙愧多能；
待余九十将重题，垂示儿孙志服膺；
喜公雅健领文坛，人民时代庆新兴；
光芒万丈照藤影，回看海日正东升。

五　律

烟霞生道气，诗画毓灵泉；雅量庞眉润，春风古貌鲜；
云边通曲径，空外接遥天；潇洒神仙侣，超超契自然。

七　律

高风玉骨美髯飘，松柏天然喜后凋；
旧学法书深似海，雄文健笔莽如潮；
心忘耄耋颜犹少，眼阅沧桑识独超；
掌握马恩亲境界，庄周齐物共逍遥。

钟震恒先生

七　古

大地春回新岁首，星明南极辉九有；
和风骀荡长筵开，嘉乐万年祈黄耇；
君子有德国宠光，增荣益誉崇冈阜；
洪范五福寿居先，艺林三绝名扬久；
香山恬澹自逍遥，潞国康疆罕匹偶；
龙马精神海鹤姿，芝兰气味松筠守；
飘飘风致地行仙，卓卓谋猷垂纶叟；
鸠杖扶老岁时新，坐阅沧桑七十九；
瞻望日月焕长天，和气冲适培蕴厚；
指顾耄期比老彭，芜辞备介无量寿。

七律五首

海内人知宝二璜，大年令誉寿而康；
柯齐艺苑辉南北，石定书坛判短长；
洛甫浮霞安若础，班门弄斧白于霜；
老当益壮双人瑞，椽笔纵横邦国光。

花骢粉署旧曹郎，三绝名高四海扬；
达道乐天仁者寿，遵时养晦哲人藏；
春风到处培桃李，秋气频年阅海桑；
陆地行仙绿天老，岿然鲁殿仰灵光。

童颜鹤发地行仙，五福由来寿最先；
三寿作朋齐大耋，（同席登耋寿者三位）
九如献颂介长年；
和风甘雨庆春泽，（入春久晴，农时望雨其殷，是日忽沛甘霖）琼酺仙桃合启筵；
（承定老以上品竹叶青汾酒供饮，清冽香醇无比，为近时稀有，至为名贵。肴中有面制寿桃，较特色。）
更有嘉宾添喜气，（谈知陪宾方镇华君不久将行嘉礼）红鸾辉映寿星前。

椒花献瑞庆遐龄，朗耀中天南极星；
受福无疆筹益算，杖朝有典喜盈庭；
天和颐养香山会，懋德宏敷渭水軿；

人瑞地仙绿天叟，祥征盛世老成型。

枌榆硕宿仰耆英，大耋延年享大名；
三绝流传人共宝，九如颂祷意同倾；
垂绅论议怀康济，曳杖逍遥庆太平；
潞国精神天赐嘏，蓬壶驻景乐长生。

李广濂先生

七　古

黄岩柯老众所仰，善与人交蔼蔼言；
含英咀华称才子，满腹经纶净六根；
卅年教授居太原，著作等身有渊源；
书法妙得怀素诀，挥毫纸上龙蛇翻；
清楷直追右军体，草书不出张旭樊；
老来更喜研绘事，涂丹描碧不惮烦；
或画葡萄画藤萝，珊瑚玉树交枝柯；
长蔓葛藟绵不断，紫英绚烂坠青螺；
画有诗意能脱俗，当代画家孰能过；
抗日奔波旅西川，宣传文化廿余年；

严冬赴会来京市，建国大业费磨研；
和平宾馆安行李，昼参议会五更眠；
八十老人犹矍铄，睹面赠我彩云笺；
绘出藤花千万朵，精力宛若天台仙；
养生有道得长寿，国有耆英壮大千；
白石老人为模范，黄琮合璧可比肩；
咏此长句祝公寿，松姿鹤算万方传。

七律二首

蓬门忽报贵宾来，绘赠藤花次第开；
廿载离群成老叟，一心爱国见真才；
宣传喜报西川竹，领略香浮东阁梅；
社会大同今猛晋，请君游眺上金台。

春初曾喜接清芬，雪后飘来出岫云；
杜甫栽松会严武，魏文题句伴灵芸；
郑虔画笔夸唐代，怀素芭蕉写梵文；
白石居京君隐蜀，寿名二老许平分。

七　绝

廿年阔别忆芝颜，书画南盈三峡船；
今见都门开画展，尊挥山水压群贤。

洪雅泉先生

七　古

道德文章世景仰，仪容蔼蔼人怀想；
通微烛远古今稀，博学多才闻见广；
依孔宫墙乐继承，希颜陋巷善涵养；
等身立论宏且博，磊落纵横如指掌。

徐文镜先生

七　古

牛牛牛，大力莫与侔，终年终日服田畴，
满篝满车诒来辫，主人蓄之书案头；
耕耘四部七略六韬三坟五典八索与九丘，
一旦放之四海游；

犁庭扫穴，遍及扶桑三岛蛮邦触国之遐陬；
灭此小丑，光复神州，千秋万岁无遗忧；
功成不居，从容自在，归卧山斋，金泥玉检，
紫文石室，琳琅缥碧连云压架之书沟。

黄炎培先生

七　古

蛟鲵翻舞晋水黑，金丝绝响空怀璧；
岿然一老往朝夕，尘尘往事岂堪忆；
有心哉柯子，抱道穷自得；
兴酣落笔中堂书，余事画本常临摹；
天龙矫若云卷舒，谁识沉沉意有属；
时宜不合先生腹，劫余民物在心目；
廿年邂逅并州秋，揭来风雨同巴州；
忽闻海旂复大仇；
先生吾亦欲东耳，故山猿鹤偕白头。

观生簃先生

五　律

云雾古渝州，江关一老留；三冬穷绝业，众志翊宏猷；
书画元章舫，行藏王粲楼；松乔成异骨，鼎匕更何求。

何幼澄先生

五　律

和光尘不染，豁达自天生；健笔翻沧海，雄文壮两京；
传经尊孔孟，掌史继聃彭，寿考齐南极，明时瑞气盈。

黄右昌先生

五　律

为访虾蟆石，言寻歌乐山；但能追暮齿，何惜醉苍颜；
欹枕双宵梦，看松对道关；殷勤怀二老，心在岭云间。

七　律

蕉老藤道不记年，一枝妙笔自超然；
别开生面董玄宰，力谢浮荣葛稚川；
屋漏痕兼釵脚古，尼山旨占道心传；
披图省识黄岩叟，如坐南宫书画船。

黄务真先生

五　律

造访黄岩叟，赏春郭外村；楼台新建筑，道义旧篱藩；
幕展延宾入，轩开投辖繁；梁园相结纳，文酒付重论。

樊潄圃先生

五律四首

仰慕定公久，乾坤第一流；艺能三绝贵，祖德九思留；
家学传台统，贤名满并州；诸生欢返旆，贱子愿从游。

豁达性由天，温柔道自坚；诗歌卫武德，寿逾伏胜年；

文史研究惯，书工颜柳专；喜观贤者相，预卜期颐焉。

乡邦推俊杰，入蜀喜瞻韩；导引言堪佩，恬愉貌自安；
忘归心旷达，守道愿加餐；书味追询旭，龙蛇走笔端。

游学嘉州日，殷勤惠我书；穷经承奖许，温语慰幽居；
寄旅惭蓬户，思贤造雅庐；清谈欣娓娓，握手两情摅。

七　律

定庵而后础其尤，吾爱椒江第一流；
每忆识荆前代末，辱承奖许一书留；
宾僚幕府居杭郡，柱史图书宦并州；
（“图书”二字一作“长恩”）
高谊未曾羞哙伍，莫因贫病数讪羞。

七绝十首

驾临陋巷小人居，稼圃粗才愧学疏；
仞佩高贤九思裔，冠时墨宝赐儿书。

光降蓬门到敝庐，无能屠狗愧慵疏；

蜀绵遗著珍家宝，四库收存魁纪书。

云蒸烂漫赤城霞，雁荡天台喜近家；
健步石梁游胜迹，龙湫观瀑正无涯。

我公壮岁晋垣游，疆吏尊贤礼遇优；
书府从容守残阙，堂堂心事见并州。

忆昔心仪四时春，弛书问讯岂无因；
（倾佩之忱，互通书札，承浙江图书馆章君托代留心樊绛州文献）
生平师友敦风义，岂是忘恩负德人。

奖许推崇义自真，掀髯一笑圣湖滨；
师恩罔极终须报，晚岁欣逢两善人。

君在并州我在杭，论交早岁未相忘；
功高柱下昭三晋，（公创办山西省立图书馆，长此馆二十余年）搜刊遗书守故乡。
（镇居杭三十余年刻先绍述公遗书）

定盦定础字相同，今古才人两定翁；
忆昔居杭空怅慕，迄今入蜀始相逢。

独居君似感孤寂，慰问余应日日来；
得句苍茫愁思散，投诗怡悦笑颜开。

俗游落落谁知己，蠹隐劳劳愧不才；
绝处逢生谁料得，花明柳暗不须哀。

杜福堃先生

五 律

云顶停云否，思君逾十霜；竹丝沉孔壁，灰劫岿重光；
摩诘诗人画，张颠草圣狂；客星老巴蜀，为爱马扬乡。

税西恒先生

五 律

三绝诗书画，风流属广文；万花齐放日，八秩喜逢君；

海外烽烟靖，寰中胜负分；天台何足忆，仙境在人群。

七绝四首

盛代相逢无隐者，依仁游艺各争晖；
山中那及尘中乐，一出天台更不归。

诗书双绝画尤神，怀袖贻投情倍亲；
一浴毛公时雨后，新词犹寄沁园春。

笔底龙蛇写过庭，凉风吹雨晚来晴；
悠然一枕山窗梦，送我神思入窈冥。

狮林清暑远难攀，却在先生指掌间；
神笔一挥倾墨井，乌云含雨满黄山。

五　古

云山游不厌，一上一翻新；结伴诗中侣，扶携画里身；
载脂初戴月，息驾始侵晨；百里奔何速，千山驶绝伦；
探汤河上馆，饮马黛湖滨；市闹飚蒸汗，山深雾浥尘；
九峰擎万劫，双刹亘千春；古木缘周道，繁花缀剡茵；

岐周善养老，稷下喜留宾；爱月中宵起，填桥七夕陈；
晓岚怀素缙，落日厌轮囷；石裂荷皴劲，云蒸米点匀；
登临多画意，俯仰亦情申；豹斗生涯迫，乌飞猎食频；
农民时逐逐，学子总莘莘；相因成世界，即此悟元真；
物尽劳中客，谁为世外人；言欢隆尽兴，别意独怆神；
明日下山去，扬镳各趁程。

七　律

云山高处一身轻，灵境由来画不成；
物欲摒除真理见，诸天历遍镜台明；
洞中七日欢棋暂，大国三军夺路横；
最是梦回闻豹鬩，催人起舞胜鸡声。

罗仕沛先生

五　律

上山访高叟，春雨湿衣襟；柴扉掩萝蔓，松荫伴幽情；
枝头啭鸟语，空谷响泉音；促膝谈终日，安知利与名。

余少帆先生

五　律

相逢雅恨晚，妙语得参承；抱道尊时圣，高风继子陵；
讲坛思立雪，吟席听裁冰；读罢修身录，方知是寿征。

陈禅心先生

五律二首

窜身来蜀地，随意宿僧房；栏峻背幽谷，心清闻妙香；
哀筝犹凭几，老树饱经霜；兰若山高处，儒门旧史长。

戎衣来蜀道，盛事豁烟霞；三绝诗书画，苍生酱醋茶；
婆心惭不及，老态未应嗟；晋水吾曾住，输公久作家。

鲜　英先生

七　律

七十人多称寿康，公今八秩更非常；

盈头鹤发无轩轾，垂颈银髯有短长；
同步斜阳支路口，独归把盏入仙乡；
风流化境谁堪赏，惟有鲜英与老璜。

黄绍裳先生　名国梁　字绍斋

七律四首

海内群推第一流，（贵先哲柯桧，字健庵，宰建阳堂，创立四门义学，李鹤年以桧为闽第一清官入奏）初春揖别又深秋；
治平俨作夔龙想，饥溺犹为禹稷谋；
纪事畴能吟异鹊，（贵先哲柯述，字仲常，尝倅漳有惠政。有异鹊巢于栋，秩满移居传舍，鹊亦随之。东坡有诗纪其事）忘机独欲约沙鸥；
休怜樗栎空山老，感愧婆心借箸筹。

敬仲先生造诣深，修髯短鬓雪华侵；
心如菩萨侈相许，貌比梅花瘦不禁；
八八常存消息卦，三三独作短长吟。
（先生有三三我吟）

饱看风景嘉陵畔，妙入书诗画里寻。
（先生于书诗画俱工，亦称三绝）

欲把香醪伴客寻，秋声赋就听虫吟；
书方雠校情难舍，琴已爨焦感未禁；
世盛倘能容宦拙，年衰自莫怯寒侵；
元卿三径初开候，裘仲从游印象深。

黄岩杖履徧幽并，画境诗情腕下生；
雠校光余分太乙，赓飏乐得谱由庚；
争传奎阁遗风在，（柯九思轶事）
独著柯亭古柏清；（柯潜故事）
移步天台犹咫尺，无劳采药小蓬瀛。

朱必谦先生

七律两首

谘议场逢契阔深，须眉不受岁华侵；
高标海鹤姿原异，噤若寒蝉愧不禁；
只听羲之工俗体，未知子固善长吟；

丽酬盥诵来妍唱，（昌黎有唱妍酬，亦丽句）还拟登门挈友寻。

蓬门屡荷杖藜寻，时和阳春白雪吟；
文似相如嗟不遇，世无伯乐感难禁；
贫居不改箪瓢乐，老屋常来风雨侵；
淡泊自甘同臭味，黄金无用结交深。

花效实先生

七　律

续贾元宵笔有传，银花火树再腾天；
及时钓渭盈盈乐，祝嘏偁觞济济前；
字水风流频饫海，之江宿学众睎贤；
等身著述人争诵，三绝何曾让郑虔。

七　绝

道德文章厚性天，之江宿学重西川；
岿然鲁殿人同仰，我幸清芬挹大年。

陈　愚先生 元　直

七　律

皓发朱颜俨若仙，更看髯美拂飘然；
郑虔有誉称三绝，蜀国识荆纪数年；
日养赤心征上寿，（定老日啖红枣十枚，云已数十年矣）群推黄耇仰高贤；
古稀又九筹添鹤，来岁渭滨耀后先。

周逸园先生

七　律

面目慈祥体力坚，银髯一部挂胸前；
心藏丘壑完篇好，笔走龙蛇落墨寒；
自是新人歌现实，定须赤子爱青年；
献诗一律为公寿，和韵当如接笑谈。

屠祖洪先生

七律二首

沸耳鸿名已有年，而今方始识公颜；
襟怀恬澹陶元亮，诗意冲和白乐天；
入化图书千万幅，（公工诗善书画有三绝之誉）名言语录十余篇；
（公著有《人生哲学》书，内分：人生、学问、卫生等凡十六篇，发前人所未发，殊可宝也）
公心更似三春日，煦妪恩还到木莲。
（洪任公之记室已年余）

轻烟澹荡首春天，正是南山启寿筵；
万众欢腾歌燕节，（正月十九日都人谓之燕九节）一元鼓荡庆尧年；
治诗未必征辕固，修史何妨聘马迁；
（柯维骐修宋辽金三史并为一编，文曰《宋史新编》）

盛世相逢多韵事，五更三老地行仙。

词

陆地行仙，鹤发童颜，眉舞髯飘；郑虔三绝擅，声名久播，挥毫落纸，兴发滔滔，老子犹龙，尼山叹凤，貌自雍容品自高；千秋业，潜心勤著述，谢绝妖娆，法书百态千娇，更研究卫生健脚腰；丹青师造化，齐翁并驾，双璜骋誉，艺振风骚。龙马精神，猿猴智慧，不类时流著意雕；金石固，卜期颐上，寿喜气朝朝。（上调《沁园春》，用毛主席《咏雪》韵。）

周明道先生

七律二首

一代文名接古贤，胸中宏略得之天；
白头归隐怀元亮，青眼顾贫忆爱莲；
无限图书尊摩诘，千秋声价压龙眠；
从今海内隆山重，愧我才疏且少年。

靖节遗风早播名，门前桃李尽群英；

龙蛇飞舞因怀谢，潮日升腾愿识荆；
国画无双王绝代，诗才第一李长庚；
雄心未减当年志，从此郑虔老更荣。

七绝三首

铁肩道义现金身，咫尺恍通万里神；
料是前生明月似，从教小草得逢春。

赤城霞起拥金身，斑白须眉倍出神；
闻说嘉陵风景好，一樽遥祝八千春。

气象光华烂漫身，心香顶礼默通神；
羡公四海为家日，何处云山不是春。

逸名逸句

七　律

山如静女经秋瘦，云伴词人镇日闲；
笔砚精良真乐事，神仙老去尚童颜；
右军书法青藤画，一卷新诗手自删。

温启伦先生

七律四首

玉露西风百感生，秋来怀旧四山清；
天涯师友屋梁月，一代文章岭外名；
释甲将坛还故我，传经绛帐仰先生；
他年写尽嘉陵水，向子期文感旧人。

玳瑁霞明薄暮天，楠檀风降五云笺；
海棠香国成诗国，莲社词缘结净缘；
溢誉虚声劳藻饰，弸中彪外仰先鞭；
知公西汉文章手，再反离骚接众贤。

荐牍荷蒙列姓名，平生惟有孝章亲；
传书字字腊宾叹，奖进殷殷接引因；
祭酒诸侯师子夏，玉蝉湘绮想孤臣；
大同书后丹丘起，七圣迷途指路人。

藏舟易远夙钦迟，亮节高风百代期，

出事王侯称国老，环游南北作经师；
绿天雅集无名传，鲁殿灵光悟道诗；
歌乐钧天包万象，仔肩玄圣此长离。

李俊甫先生　光　英

七　律

公余假我频相访，每到云巅爱久留；
不为听松方侧耳，自教看岭亦低头；
龙蛇狼藉欣镌石，鸡犬仙升但望刘；
拟借金丹移俗骨，先生肯否告来由。

杨赫坤先生　苏　更

七　律

元日天风吹紫衢，撒盐飞絮赏清腴；
琼田春种丰年玉，银海光摇明月珠；
鸿爪山中留雅客，马蹄塞外想征夫；
赓歌似有承平象，为问袁安卧起无。

七　绝

浙江人物黄岩翁，龙虎蟠胸气势雄；
橐笔西来写江表，此间山水云烟空。

彭仿陶先生

七　律

名山绝顶护云霞，中有诗翁万木遮；
越鸟西飞亲蜀鸟，儒家深隐即仙家；
杏坛分洒巴渝雨，桂坞新培桃李花；
一画一书皆妙造，高风传送遍天涯。

七　绝

太行西去又川西，鸾凤双双伴月栖；
满面春风堪上寿，再寻二十度桃溪。

渠晋山先生

七律二首

仰止高山年复年，并门咫尺隔遥天；
养生最得蒙庄术，落笔堪称草圣传；
尘世烟云多变幻，江城风日自澄鲜；
羡君不作登楼咏，醉洒丹青换酒钱。

龙蛇舞罢兴犹豪，更把丹青染楮毫；
一一挥毫情颇惬，三三吟就曲弥高；
那堪逐逐随时辈，可笑闲闲是我曹；
老去悲怀无所寄，聊将秃笔写牢骚。

卢子鹤先生

七　律

柯老分携二十年，翛然笙磬落遥天；
开缄自觉摅怀抱，近世人犹见古贤；
寄意丹青尤绝技，刳心邹鲁接真传；

干戈未定身俱老，大雅全休一惘然。

孔庆余先生 厚滋

七 律

草堂天地一闲身，坛坫名山总是春；
自分烟云收供养，我从翰墨见精神；
谧原高士缣论价，霸却将军笔写真；
此老胸中都不著，要将妙迹播峨岷。

伍瑶笙先生

七 律

动地烽烟避岛尘，名山何幸寄高人；
灵音每听来云顶，僻壤偏能近德邻；
问字几回欲载酒，临池一度拟传神；
江城喜得瞻书画，容我程门细问津。

萧雪沧先生

七　律

歌乐山深昔访贤，德邻忝结感忘年；
丹成鹤发慕千岁，绘就虬松换万钱；
赞诩中华林叟意，关情四海吾心怜；
乾坤袖底钦高道，世界风云隔洞天。

陈树人先生

七　律

烽烟咫尺不相遭，入室徒教梦想劳；
最好晚年情共静，未妨结侣位非高；
游山最羡君常蜡，访友车思我后膏；
何日联吟偕二老，歌峰在望气俱豪。

仙都山人

七律五首

听涛轩里接儒宗，大道推行正协衷；
分手遽迁云顶上，谈龙难继月明中；
九思岂便词人老，尚父还应命世雄；
更羡乾坤摹范手，与图复色笔能工。

梧桐叶落又惊秋，风雨空山萃百忧；
可奈知音复伤别，竟教悯乱更增愁；
斧柯得假终名世，舟楫何当共济流；
屈指澄清应不远，天功还得及时收。

冠盖京华独憔悴，残年风雪更凄凉；
卖衣易米江城暮，冒冷还山驿路长；
厚禄故人书久断，贫交古道意难忘；
解衣推食仁心著，革薄浇漓信有方。

卖赋分金大热肠，我今一月已充粮；

还君惠贶铭君德，愤世浇漓抚世伤；
薄海情怀皆兄弟，斯人风义振纲常；
儒宗博济平生事，豪杰逢时人道扬。

重雾连阴八表昏，九思云顶快谈元；
山光欲暮胸怀亮，瘴气难侵翁德尊；
胜地只今传画本，故乡原自有仙源；
南阳嫌未躬耕老，空吊西风五丈原。

罗　谋先生

七　律

养生示诀警时钟，草圣虚和妙得宗；
尽有云山供昧象，果能人海见真龙；
藤香欲作播螭势，松老还疑避雨封；
我换磻昙声价好，兴酣不觉墨花浓。

张故吾先生

七　律

歌乐山巅屋几闲，摧崖辟路不须攀。
（散失）

林　森先生

七　律

漫云歌舞乐生平，大地茫茫劫未更；
九迭云山迷古道，千年禹迹辨神京；
（青芝老人摩崖有大禹会诸侯于涂山，召外宾歌乐于此云）
长林怒啸惊天籁，斜日会看落海尘；
策马西来应有意，怆怀祖国忍闲吟。

洪雅泉先生

七　律

讲学河汾多少年，谈经振铎羡君先；
写真公望推神妙，宗派丹邱得秘传；
泼墨宛如张长史，挥毫却肖李颠仙；
于今三绝诗书画，胜地名山到处悬。

刘洁园先生

七绝四首

名高书博衍黄岩，桃李三千手偏栽；
文史纂修资领导，望崇鲁殿众交推。
（柯敬仲为学士院鉴书博士，善花木山水，博学能诗文，兼精赏鉴，先生继美前贤，至为可佩）

广文余事擅丹青，干曲枝蟠紫袖馨；
学贵有恒端在我，漫从家数拟模型。
（承画紫藤题有“学贵有恒，不在专一家”等语）

文艺都须集众长，身从学海作津梁；
同参议席兼同馆，向往西川爇瓣香。
（先生以重庆文史馆长，列席全国政协会议，
余亦忝充中央文史馆员兼政协北京市委员）

忻闻八秩庆开筵，照眼榴花似火燃；
老去京华篱下寄，冈陵遥献九如篇。

五律、七律共四首

人夸草圣表元功，手录雄词布域中；
想见挥毫镌乐石，还欣拂暑播仁风；
泼来墨沈云争黑，拓比黄庭日映红；
拜受愧难酬雅贶，惟将鹤寿祝仙翁。

身本栋梁材，盘根在幽谷；干霄挺虬枝，排烟具龙角；
飚发吼怒涛，响作讶奔瀑；结友伴岁寒，兰菊与修竹；
枕岩卧自高，占地势宁蹙；扬仁试挥手，和风更清穆；
世运臻大同，万汇并涵育；君画妙通神，我诗难悦目。

新邦为政喜从同，博采周咨秉大公；
素发修髯疑映雪，清言说论笑生风；
高龄什一过彭祖，团扇万千画放翁；
若就香山方九老，更添三友乐无穷。

园多寿客吟兴饶，海内耆旧欣缔交；
击壤康衢清世遭，频歌十老皆贤豪；

（拙作《东篱十老歌》，已续至十一，迭得八十已上老辈一百二十人，尚有多人待续入咏）

协商大会中枢邀，合影贻我珍琼瑶；
庞眉皓首年杖朝，俨然晤对亲丰标；
安得泛菊酤香醪，鹤算长祝侔松乔。

戴正诚先生　亮　吉

七绝二首

家学渊源溯九思，偶然挥洒似天池；
庵中客散君犹住，天为江山留画师。

投桃报李以琼琚，快睹佳诗并法书；
君是广文三绝擅，窥全那可画犹虚。

韦延光先生

七绝二首

云顶山头一晤缘，归来犹自忆真仙；
难忘最是养生语，胜读嵇康论一篇。

漫把乾坤等葛藤，曲钩走势寄孤灯；
分明一幅徐熙画，笔底风烟万丈腾。

张德周先生题画马

七绝二首

气盖三韩并九州，会当踏徧美人头；
英姿飒爽足酣战，一纸何曾限骅骝。

恍如天马来西极，墨沈淋漓汗血赤；
肉埰骨张两俱画，曹韩而后应第一。

华荫桐先生

七绝六首

右军书法徐熙画，海外闻名一代传；
硕德而今能几在，（吾浙惟公与马蠲叟堪称）柯公墨妙继前贤。（元柯九思太史，工诗文，善绘事，台州人，乃公之远祖）

右军书法徐熙画，海外闻名一代传；
三绝于今推独步，（马一浮、沈尹默二先生工诗文书法，而不能画，齐白石先生善绘事，而不以诗、文、书法名于世）
黄岩墨妙继前贤。（定础先生之祖柯九思太史善诗、文、画，工山水竹石，其诗与虞集、范德机辈齐名。著有《丹丘生集》与《元鲁贞桐山老农集》，编入《四库全书》，见清纪昀《四库全书提要》）

丞相祠前黛色存，鄂王墓后感忠魂；
（西湖岳忠武坟后所植柏树枝皆北向）
古来绘柏无能手，但见柯公国画尊。

群山草木已凋残，篱菊低头不耐寒；
却喜双松无恙在，依然翠色雪中看。
（题柯公《双松图》）

虬枝攫月忆天都，鹤立精神似此图；
盘欝英姿归未得，可能分植近西湖。
（题松）

石梁瀑布赤城霞，憩听潺湲不念家；
山雨欲来云漠漠，两三劳力话桑麻。
（题山水）

徐宝泰先生　公　酥

七　绝

犹龙老子气如虹，鹤发皤皤面似童；

杯酒相逢得问道，养生不朽将毋同。

朱玉吾先生

七　绝

羡公七十气如虹，愧我中年发已童；
始信养生真有诀，传家寿世与人同。

熊文弼先生

七　绝

篆写枯藤见本真，缠绵荒古岂无因；
西来饱看蜀山水，公是开元后一人。

苦吟室

七　绝

世事沧桑兴未豪，人情翻复似波涛；
结交尚有磻溪叟，咏水歌山赉绿醪。

太虚法师 杭州灵隐寺法师

七　绝

仰天俯地著人文，孔老遗言慨有闻；
自古止戈乃为武，好将铜笔扫胡军。

王太蕤先生 同　宾

七绝六首

出郊情势转生疏，不见不闻半隐居；
为报故人游钓处，嘉陵江畔杂樵渔。

血热心烦剧不当，清凉一味示神方；
记从拳服卫生论，苦笋寒蔬嚼更香。

不能复战巧求和，暗掷飞弹又作魔；
读罢见闻诗八首，搥床狂叫快平倭。

六经毁弃学宫荒，夷夏安从识大防；

尊孔是君平素志，麻黄定草妙文章。

歌乐山铭朴不文，翻劳匠石运风斤；
题词却愧杜陵老，飞翰适逢顾八分。

梁滩河壩高台邱，两水双桥一道流；
倒屣何时遇王粲，看山同上夕佳楼。

七律二首

山中苦忆丹丘子，半亩烟霞复数椽；
逸兴飞凌霄与汉，大悲咒转海为田；
正心孟子拒杨墨，异说公孙辨白坚；
世事纷纭思想误，何人味道似君贤。

漭漾河山破碎中，哀鸣无处不飞鸿；
呕心图出流民苦，画史应添老放翁；
重将异鹊赋柯翁，救度饥民事可风；
吐出紫琼三百颗，知君热血满腔中。

李协和先生 烈钧

七绝

柯公三绝拟前贤，四海都称老郑虔；
箬笠芒鞋云雾湿，山中蹀躞健如仙。

彭泽久先生

七绝五首

时代翻新存旧交，犹龙老子自逍遥；
唱随到处得春暖，不远燕京倚仗朝。

江湖老子度春秋，翘首天安作壮游；
为问黄岩风景好，何如汾水古恭州。

管领群贤白司马，大磐石上钓竿下，
鱼多跋扈今何在，社会高潮未老也。

杜老高歌桃竹杖，先生拣授刻竹枝；

推心加爱殊常态，步步深深系我思。

静淑家风事事亲，老夫得此是前身；
无疑放胆行天下，和气随人有脚春。

王重山先生　凌　云

七　绝

乾坤清气一支笔，不落人间名利场；
身隐多惊证力健，禅关开卷语山光。

任寿国先生

七　绝

云顶山人倡正学，自从山右到峨眉；
苦心幸喜逢吹拂，白雪阳春雨露垂。

杜蔼簃先生

七绝四首

山光到眼更葱茏，避暑何妨且避空；
好是万松深处住，不缘三宿慕宗风。

炎暑山城病欲呻，横空犹自转风轮；
人间火宅逃无路，世外清风有故人。

天外罡风起杀机，华严楼阁烬同归；
山林尽有藏身地，堪羡冥鸿自在飞。

歌乐葱茏翠黛新，栖迟甘已息风尘；
万松深处朝云顶，半是江城避劫人。

狄君武先生

七　绝

雾里松楠长一围，移巢云顶久无扉；

乌须鹤发由人间，君为长生泄化机。

刘盛亚先生

四　言

天生一老，养生有道；十枚红枣，服之朝朝；
排泄通畅，睡之破晓；童颜鹤发，其乐陶陶。

洁　厂先生

四　言

有笔一枝，元气淋漓，千秋之艳，万古之资。

王闲影先生

词

并地违师颜，十有余年。歌山云顶再登坛，年逾古稀神健壮，写作天天。今夏聚渝垣，扇底呈丹，几枝月季岁鲜妍，默祝师颜花样好，岁岁年年。

杨子苹先生

七律二首

渊源家学本丹丘，明德如君孰与俦；
早岁才名同入洛，暮年踪迹等依刘；
孤寒广庇千间厦，豪气犹余百尺楼；
不是他乡来避地，天教木铎振神州。

泰山北斗重英豪，泌水悽迟集京耄；
珠玉九天飞好句，云烟满纸想挥毫；
客星并见文星耀，人爵何如天爵高；
难得斯时心邹鲁，孔门性道一肩挑。

阮尚傅先生

七律二首

空谷足音侧耳闻，名山何幸得逢君；
（先生前次旋里，枉顾不遇，蒙远赴雁山，畅叙离情，并赐墨宝，感难言喻）

鹍鱼竟倦图南力，皫马仍空冀北群；
冠德卓踪如霁月，楷书章草并凌云；
看那暮四朝三者，气味熏莸两样分。

希圣希贤君子儒，传经讲学绍程朱；
胸无城府心常惬，腹有诗书味自腴；
桃李春风欣满座，蒹葭秋水恨长途；
独怜夙世因缘浅，难与高人动静俱。

任丽田先生

七律六首

开始教人由仁义，篇终告我以鸣谦；
古今中外罗万象，三教九流萃一奁；
治国齐家探底蕴，待人修己立标签；
先贤教化谁传授，端赖先生信手拈。

读罢斯文悟果因，知君不是等闲人；
传来鲁论时时习，取法盘铭日日新；
玉振金声成一贯，鸢飞鱼跃见天真；

绿天斋是神仙路，我欲朝朝去问津。

三晋名人第一流，图书翰墨两优游；
画通造化遗今古，学悟天人不怨尤；
志在羲皇甘淡泊，道通玄妙自清修；
先生定是南山寿，窃比老彭八百秋。

先生寄迹久宫墙，笔法春秋愿未偿；
愁痛民生言不绝，阐扬教化道弥光；
德音早已昭三晋，书法何曾让二王；
大雅鸿儒偕俊彦，同来庆祝寿无疆。

绿天斋似绿天庵；笔塚墨池造化参；
字冠钟王追古迹，道宗邹鲁岂清谈；
知言养气功纯熟，揭地掀天量海涵；
长使晋阳楮纸贵，芭蕉叶底忆江南。

三十年来旅晋阳，声名洋溢岂中邦；
盈门桃李多奇气，满室芝兰发异香；
贤哲往来亲笔砚，凡民踪迹入门墙；

悬弧令旦呈花甲，颂祝南山献寿觞。

殷仲良先生　梦　弼

七律六首

贤哲由来贵识时，一生潇洒乐棲迟；
笙簧五典人推重，甲胄群经世所奇；
一幅醒狮昭壮志，万言告日致良知；
（先生有《告三岛书》《告三岛歌》）
墙高数仞得门入，勇扞斯文不激随。

斯文扫地已多时，孰计复兴早与迟；
曲学竞鸣夸怪力，贤关退避愧离奇；
滔滔举世谁先觉，汶汶全球孰后知；
流水高山君奏也，几人和唱气声随。

曲高和寡叹非时，雅乱岂因格正迟；
无处闻韶悯垫溺，有心击磬羡英奇；
中流砥柱君无愧，名教干城圣有知；
空谷足音谁不喜，人师难得共追随。

少数人师化雨时，堪欣去鲁能迟迟；
芝兰满室香俱化，桃李盈门果更奇；
翼翼小心喜自省，谦谦卑牧畏人知；
留连泉石忘千乘，芳躅所经笔砚随。

多多文债偿无时，莫道稽生懒故迟；
画近顾倪神健练，书成王傅势雄奇；
环肥燕瘦神难测，凤舞龙翔妙自知；
练就生花江氏笔，笔心俱正意能随。

诚正修齐不计时，尚存一息便非迟；
老当益壮真豪杰，穷且弥坚自俊奇；
花甲君经耳应顺，蘧年我届非当知；
眼看爆竹增新岁，六一先生五柳随。

周象垣先生　元　臣

七律二首

华年挟策为匡时，羁旅并州客鬓丝；

贾董文章垂日月，钟王行草走蛟螭；
登坛阐道宗周孔，避地清心见伯夷；
翘首沼边烽火满，应舒谋略定艰危。

接迹河汾三十年，门多桃李媲前贤；
缥缃复迭惟耽学，囊橐空虚不爱钱；
常发谠言能救国，每筹良策为安边；
他时修入儒林传，千古须眉自皓然。

刘永德先生 融 会 剑琴芦主

霁月光风隐绿天，丹颜银鬓乐陶然；
画神花卉空吴缶，笔走龙蛇见米颠；
学贯沧瀛归鲁圣，理通今古仰羲贤；
晋居卅载罗桃李，满座清风志自坚。

王秉壎先生

闻道苍溪德慧高，门墙愿拜乐甄陶；
戏鸿得意堪三绝，画虎无心下万毫；

啸傲图书臻耳顺，往来今古尚心忙；
何时负笈河汾地，问字探奇进寿醪。

张占魁先生

早仰先生道艺长，春风夙愿列门墙；
草书墨妙钟王法，绘事神超董巨方；
钟鼎山林咸自在，风流儒雅亦相当；
名高河朔卅年久，遥献九如祝寿昌。

许鸿绶先生

雁荡天台风景区，山川奇秀蔚名儒；
洗心三十更裘葛，游艺半生树楷模；
启发英才心独挚，呼号人道德非孤；
明同日月昭万类，早附神州传统图。

徐永昌先生　次　宸

风雨台边岁序忘，同尘又见此和光；

江莺啼树春三月，汾雁横秋第二乡；
池上张芝新草圣，楼前崔浩旧诗狂；
羔羊宴罢思莼菜，水递何妨寄一筐。

洪海南先生

卅载并州客里过，绿天窗畔树婆娑；
树人苦费栽培力，抱膝闲吟长短歌；
钻仰宣尼研世法，逍遥蒙叟乐天和；
好将斤半铜头笔，来写江南碧翠萝。

罗枚野先生

七律三首

卅年未见柯夫子，敷教河汾继昔贤；
桃李盈门当要路，胶庠终老不名钱；
讲师拟步程朱后，补志能追洙泗前；
岂料存亡家国日，尼山俎豆一身肩。

丹丘章草也精工，非学自娱画亦同；

下笔龙如游大海，添毫虎怕啸生风；
翻疑张旭真为假，不让王维淡若浓；
复有余闲工古律，息深胎厚气从容。

九思书画早驰名，声价龙门莫重轻；
举笔千钧参造化，灾黎万姓借更生；
丹青神比倪黄妙，饥溺心同禹稷诚；
漫道人情才一纸，德星处处拜长庚。

喻辛侯先生

七律二首

晋祠卅载乍归身，车辙依然踏软尘；
喜有卫青为子路，敢同李白别汪伦；
辕驹空羡龙骧志，劫火弥悲蚁聚民；
此日挥戈能救国，清谈愧煞读书人。

寰中烽火劫频传，谁谓桃源别有天；
燕雀藩篱诩知命，鲲鹏海岳自忘筌；
拓开世界须豪杰，坐看风云误岁年；

雪耻攘夷千载业，济时羡著祖生鞭。

蔡　骧先生

绿天老人工墨妙，慈祥勃发悲流离；
黄金无计纾国难，乃倩特健赚朱提；
宏开高会相切磋，书似钟王画八大；
一时传颂海西都，甘霖若沛和风和；
一字一缣妙手得，广文三绝金满盈；
顷刻会将裘腋集，聊解倒悬鸿毛轻；
济急能苏鱼涸辙，多少灾黎颂再生；
绿天天下天外天，书画之名犹小焉；
慨当以慷博其爱，同郡胞与希圣贤；
西方彼美时怅望，高高高在云顶巅。

谢展夫先生

七绝四首

作客并州三十年，此邦人士信多缘；
平生道义常肩铁，圣教于兹一脉延。

诗成珠玉吐毫端，腹内珍奇未易观；
人爱绿天翁妙墨，随途乞赐尽余欢。

飘飘两鬓大罗仙，谪降尘凡不计年；
未见龙蛇生笔下，先聆谈笑起云烟。

于今中夏遘风波，珂里归来旧识多；
蓬荜也邀光彩过，汪洋雅度仰如何。

吴锦明先生

七绝二首

道貌岸然陆地仙，得天独厚在心田；
居颐养气如椽笔，挥写龙蛇不计年。

天台雁荡钟灵秀，淹博江通不世才；
文化沦亡肩大任，座谈救国待公开。

许祥夫先生

七律二首

人间道丧谁作屏，虫文蟹篆味尖腥；
滔天骇浪埋人急，刻籍昌黎捉祟灵；
炼德成钢针异说，溶仁制线补残经；
三生遑问陶朱业，洗到心田天水清。

汪汪儒素度堪尊，疑是前生有夙根；
虎啸龙吟惊彩笔，仁餐义嚼阐微言；
万家壁挂羲之字，百族人攀孔氏辕；
寄语异邦休唐突，中华礼义早成垣。

薛正清先生

五　古

伊自混沌始，道具鸿蒙中；二仪既肇判，赫奕造化功；
人者天之心，庶类檀其灵；圣者心之灵，功用配苍穹；
羲驭射精耀，大块噫和风；众生游且息，泄泄复融融；

执而询所以，贤哲亦罕通；悠悠数千年，郅治竟难逢；
尼山空掩涕，称怨道之穷；谁知明不息，间世发奇英；
壎篪相酬唱，异曲总善鸣；孔门唯参赐，乃闻一贯声；
况在后没世，而能苛论评；执一而疑二，据西斯诮东；
记问难为师，参证每骛空；不有修道者，嵚崎谁与平；
诸公兴悲悯，孔学会乃成；皓首柯先生，仁术最能工；
一日忽见访，仪表穆且清；谛视则旧友，孔道曾同盟；
（民国三年余与王季樵先生发起孔道会，柯先生为赞成人）
卅年未相见，大事君莫轻；相期共负荷，风雨听鸡鸣；
天不亡黄胄，会当见清明；观上不复叹，伫看大道行。

陈　霭先生

七绝四首

先将饮食守常时，丰啬精粗贵适宜；
留得半分消化地，此中妙用几人知。

知者不惑仁不忧，庸人多扰自生愁；
五分时过随忘却，此是安心第一筹。

黎明即起昏便息，记取治家旧格言；
昔有柏庐今敬仲，后先辉映两师尊。

黄昏信步倦来眠，十个安斯食睡前；
日日行来无间断，不须采药更求仙。

周方白先生

七　绝

半生涉世率天真，入蜀何心度几春；
飞舞龙蛇吟咄咄，故将三绝戏红尘。

林素园先生

七绝三首

拜访神仙书画来，云天赐与盛筵开；
山中宰相盐梅手，定是人间鼎鼐才。

高峰何怕乱山围，复载蘧庐不用扉；
红日升沉终有限，乾坤无量亦无机。

云顶山头可丽天，禹封此地不知年；
群龙有首吾宗老，吞日扶桑左海边。

曾俊臣先生

捧读飞鸿室有光，天人妙契在开张；
无中生有征玄窍，坎里填离悟秘方；
皓月当空新气象，黄金掷地旧文章；
出生入死君能觉，把握阴阳乐未央。

武汉三先生

七古二首

渝都二月乱莺飞，歌乐山头花发时；
往来多少寻芳客，贪看山花踏山石；
禅房云顶烟云封，此中有人人不识；
飘飘柯子号绿天，道骨仙风本仙胄；
多年洗耳逃世喧，俯仰苍山听山溜；
至人无心如有心，无心自得无穷寿；

忽来顾我何殷勤，云我白发老红尘；
子归为筑岩前室，待我明年乞得身。

我久不见绿天柯定子，如读古书思古人；
忽然相逢渝都道，伏案倾谈共一樽；
渝都闲寄荒我业，时时冗事枯形神；
柯子椽笔天马健，驽骀千百谁与群；
嗟予老朽不自量，尚愿疾足望其尘；
柯子高谈惊我听，枯荣万物转秋春；
不见所以令我思，既见如饮醪之醇；
笑语几时忽分袂，一声汽笛送飞云；
离愁有酒不能洗，予怀渺渺寄空文。

许公武先生

五　律

云顶峰头立，松风破醉颜；青山横九迭，绿水绕三湾；
赖有出尘想，将无带月还。寺中逢老叟，书画自消闲。

宋石英先生

五　律

久慕黄岩名，未亲黄岩面；求师一封书，抱之千里献；云顶万松锁，肩舁陡绝巘；瞥睹皓首客，正是大硕彦；入室承謦欬，有心情遍见；诵诗复读书，字字足惊叹；天憖遗此老，真理当日显；斯文信在兹，蓬衷起歆羡；愿做小桃李，立将化雨沾。

金应豫先生

七绝八首

闻说春光照晋阳，群情竞赛仰贤良；
深山原野无供献，潞党台参出产场。

先生考古是专家，出土嘉珍景物华；
但愿颐情能养性，无疆万寿乐天涯。

精神矍铄是神仙，瞻拜音容仰大贤；

迎送往来云似锦，相亲相敬宿因缘。

清明时节会佳宾，同是和平路上人；
今日喜逢亲老会，耳闻目见尚能行。

方以类聚物群分，耄年人会老年人；
握手言欢不为礼，高谈尽兴合人情。

年大春光德日新，和颜悦色向人民；
从前习染都无用，历尽人情自见真。

贵客乘春度太行，蒙蒙膏雨润吾乡；
诗云蒹葭春光老，曲谱骊歌柳线长。

饱受风霜金石体，来亲旧雨热心肠；
万户有情迎紫气，家家无处不馨香。

陈梅谷先生

七　律

卿云红映斗南星，揽胜初回锦水舲；
兴寄羲皇陶靖节，名高书画董华亭；
欢悰忘老怀逾淡，雅性怜才眼总青；
早得彭聃修养诀，未须瑶草驻遐龄。

易仲青女史

七　绝

珍重情怀百炼身，乐天养性寓形神；
争鸣齐放老弥健，展出黄岩浩荡春。

金师息侯先生

七　绝

老友如逢柯凤荪，独传三绝世同尊；

春风万里重欢聚，喜见百花开满园。

潘　敬先生

七律二首

望风怀想蜀山青，相隔迢迢万里程；
千顷波涵名士度，数封书见故人情；
君今矍铄登高耋，我亦趑趄学老成；
一自京华分袂后，满腔积愫几时倾。

斗室能窥天地宽，三冬有酒不知寒；
少时自诩出头易，老日方嗟立脚难；
逢驿喜闻频寄讯，寓书勤劝好加餐；
故人馨德随年进，远道传来气似兰。

王道元先生

七　律

黄岩髯叟吾兄事，恍忆成均共切劘；
敢并张华矜博洽，微怜庄舄恋岷峨；

高轩顾我疏投辖，大笔看君擅擘窠；
冠盖春明期后会，底须暂别唱骊歌。

陈仰之先生

七　绝

今之硕老旧名家，拜识无缘只自嗟；
便面一帧凭却致，为求三绝碧笼纱。

刘运乾先生

五绝、七绝各一首

名弛国内外，睛点竟腾龙；书画称双绝，西南第一翁。

年高望重满天涯，书画同开笔上花；
不是山城柯老在，西南半壁又谁家。

曾西虹先生

七　绝

当年曾经见古柏，今日来渝到锕川；
此身恍入沧州地，室内何止万重山。

樊　光先生

七律二首

御戎昔岁共渝州，歌乐山居气谊投；
云顶寺前常对月，听涛轩里伴吟秋；
凯旋顿作还乡别，客梦犹殷旧雨游；
翘首嘉陵江上望，童颜鹤发老尼丘。

乐天诗讯捷传邮，蓦见高名病眼瘳；
千里山河如晤对，十年梦想久嘤求；
肯教别绪巫云隔，长使离声沪海流；
更喜相从文史席，蜀都领袖有儒修。

陆士一先生

七　绝

花冷山深吾尚在，白头再见柯先生；
并州凉月渝州雾，一片乡心到赤城。

赵子言先生

七　律

欣闻雅旆此停骞，晋接清晖笑语欢；
两世敦交神自契，卅年睽别会应难；
书宗学圣传心谛，绘法将军妙笔端；
却喜春光今正好，行程一路祝平安。

余子能同学

七绝六首

柯师高年八十春，思想中和新翻新；

冀师再过八十载，师生同歌万国春。
师字如宝世间稀，识宝群生终夜期；
师识群生心中意，赠宝群生乐无涯。
师容红红如童颜，教生谆谆以良言；
我师千千万万个，师是其中贤中贤。
师发如鹤鹤发披，如师发白世间多，
多少发白顽固脑，如师头脑世间少。
柯师品德世无双，寿到高率乐无疆；
世人学得柯师寿，人人多寿皆长寿。
柯师明心明如镜，明心照着群生性；
老师教学如流水，学生学习如水流；
品德无双柯老师，寿应期颐再期颐。

喻朝俊先生

七律四首

天台灵秀毓名人，清望鸿词萃一身；
学富典坟耽著作，时宗海内业传薪；
寿星光助文星朗，书幅才兼画幅珍；
引领巴渝旧游地，芜笺遥颂锦江春。

箕畴五福寿居先，人瑞宏开八秩筵；
庆集东皇天锡嘏，星明南极地行仙；
情推旧谊联三代，（公与先祖先父均笃
有交谊）诗咏文心谱百篇；
父执清标今犹昔，蜀江胜景溯当年。

筹添海屋岁绵绵，福慧双修洵有缘；
桂映阶前香馥馥，（公郎航专毕业后，在
京习俄文，拟赴苏联学工艺）芝荣庭砌秀娟娟；
（女公子在工厂任事）
河汾讲学文中子，（公曾掌教山西大学）
诗酒陶情白乐天；
群看是翁宁澹极，期颐再庆总蝉联。

羡公本是谪仙姿，现值宏图建设时；
经国卅年方伊始，文章一代借扶持；
（公前后任重庆市文学艺术工作者联合会
及文史研究馆职务）
风神表表云中鹤，硕德渊渊世上师；

浙水巴山睽隔远，冈陵晋颂愧迟迟。

宋　华先生

七绝六首

黄岩一老志轩昂，道德宏文有主张；
翼赞新邦唯马列，欣看国富与民强。

几经离乱来渝都，留住山城十载余；
歌乐有灵存浩气，江山一览入画图。

回首八年几岁寒，蜀中仰止正枫丹；
犹庄次日聆名教，启我新知在大观。

松山高处拜羲皇，说论珍闻胜旧章；
四壁云根凝浩魄，千秋艺坛别钟王。

不甘时誉俯浮尘，傲骨嶙峋自在身；
朝领烟霞夕写照，蜀山仰止几高人。

户外青松接绮窗，嘉陵遥指数飞艭；
纵观大气塞河岳，若个心旌不肯降。

刘菊坡先生　在歌乐山解放前五年步韵

七　绝

漠漠云阴山四围，洞天松竹自成扉；
生灵涂炭龙蛇起，天地何心发杀机。

尹宣晟先生

五　言

（宣晟兄尊翁尹止园先生昌衡与璜文字久交，宣晟兄以双篁诗表赞我两人，足见宣兄孝思之纯笃也。璜谨志）

九嶷壮南极，嵯峨连海湄；贞竹缘其隈，双凤鸣参差；
美矣伶伦奏，允谐清庙吹；新律变寒谷，北国生华蕤；
南州毓灵秀，蔚然天下奇；二公并世出，白璧联光仪；
盛时会豪英，遐方同应期；几杖座相接，苍苍松柏姿；
高公山岳尊，卓立镇当时；柯公六艺宗，折衷今古宜；
昔年游上京，名德世并推；都人貌颜色，和气充九逵；

霜髯对若一，侍分我与谁；自此互提挈，雅道同指靡；
纨扇时共作，云霞缠蛟螭；揖让见双绝，风交碧树枝；
不有素师颠，宁知米老痴；所以寿贞石，长为风雅规；
旭日升朝晖，同起鸣天池；宫征应轩悬，艺林分鼓旗；
星辰照寰宇，万里犹肩随；誓举文翁业，永奠明堂基；
方运董狐笔，为宣倚相辞；润色尧时曦，击壤同酣嬉；
伟哉磻溪蕴，超然文运师；百世今重遇，欢忭陈此诗。
（双篑诗）

江友樵先生

丘壑富胸中，烟云来绕笔；柯翁夙慧远，早入画禅室。

董必武先生　题屈原画像一九五三年

多艰一念悯民生，志洁行芳太史评。
二千二百卅年祭，犹见柯璜画屈平。

张贯三先生　题画松柏

根深入地顶参天，天地含弘亿万年，
剩有中权真利胜，他年梁栋在当前。

江亢虎先生　题柯定础唤狮摄影　一九三六年

绝句二首

吼声消歇鼾声作，一睡沉沉有百年，
若使身存心已死，当头棒喝亦徒然。

卅年襤褸一书生，悲愤风尘异世情，
攘臂一呼天震动，人间真有不平鸣。

裴丽生先生　祝《柯璜选集》出版

一九九四年五月

定础先生，化雨春风，弘扬儒学，书画典型，
热爱祖国，向往大同，选集问世，百代流馨。

佚名　三首

五　古

客游多侘傺，倾盖挹清尘；重荷君子赏，忘年更相亲；
龙蛇随手变，点画妙绝伦；岂徒夸游艺，亦既曰居仁；
况抱济物志，蔼然有余春；身虽留都邑，情已畅海滨；
讜回愿与俱，不意遂参辰；有德自不孤，无才终羁贫；
谁能笃道义，梦寐念斯人。

五　律

卅载并州客，逍遥物外身；九思真嫡乳，三绝出清新；
抚辑凭椽笔，恬闲尚古春；巴渝好景物，都付与斯人。

七　律

遥遥天末寄遐思，一纸书来日影迟；
山气静凝仁者寿，道心春暖圣之时；
东西龙虎争成劫，上下鸢鱼妙入诗；
不尽老怀同救世，尼山刻刻奉为师。

某某同学 失 名

七 古

北来三十年，文章远近传；
书神天地外，诗见笑谈间；
旧学商量融会新，道形其上器形下，
画工吴子矫神龙，有癖蠹鱼轻驷马；
研经弘道在并州，设教殊科六艺稠；
翼翼遐思褚太傅，皇皇歌叹范长头；
穆传游观路多歧，环异齐谐饶妙趣；
先生著述一家言，学子不沉五里雾；
向禽争说五岳游，石宝丹台南极楼；
立德岂知尊至圣，论功何必定封侯；
君不见，风雨飘摇迷野树，白山黑水归何处；
存诗赖有三百篇，斯文阐发五千句；
又不见，桃李门前春色清，蔚成杞梓国之英；
有道过从亲叔度，本初敬礼表康成；
不才忝为及门一，立雪当年学时习；
墙高数仞苦弥坚，化雨春风负培植；

而今何以寿吾师，咿呀童谣献酒卮；
绮席飘香衣绚彩，传经敷教待期颐。

某某同学 失 名

四 言

仰止我翁，壮游燕晋；丕振儒风，孜孜敬慎；
书画双绝，行忠言信；弘道兴学，诱掖后进；
德化乡僻，品高千仞；卅载于兹，孳孳苊苊；
忝在门墙，允也心印；附骥群贤，敬祝雪鬓。

附　录

柯璜答谢海内师友赠诗　八首

海隅居贱子，梦梦何所期；九龄失所恃，蚩呆昧谦卑；
我祖诒我经，父亦尝语斯；叔昆道性理，渐渐启良知；
时以示古圣，总角闻宣尼；后读李聃经，乃复敦守雌，
久之若天性，不慕惊神奇；痴想黄农夏，汉唐不可追；
我生云不辰，惘惘有所思；自怜根器薄，俯仰以忸怩。

冉冉乃成人，波涛益险恶；万派集东西，群经淡糟粕；
语文竞旁行，炎黄无适莫；因之心怦然，遂亦辞丘壑；
其时首都中，气象似磅礴；重译百科书，哲人是敬恪；
玉帛事委佗，空流成大错；黄海亦扬波，飞将不可作；
荆聂在何处，苏张亦烂舌；大陆欲陆沉，伏案时血热。

春明留几载，愿言之四方；虽云识草木，其犹正面墙；

斯时太行友，弓旌言相张；我以唐虞都，神州蔚国光；
中有唐叔桐，南有召伯棠；河汾绍绝学，言性闻文章；
西方多彼美，愿上君子堂；教学望三益，无乃夙愿偿；
安知空奄忽，望古咸未遑；一日复一日，争此何事忙。

逝将盛年尽，今吾犹故吾；天道昧微奥，人情皆廓郛；
说文误豕亥，拭器茫琏瑚；不学老便至，何以得自娱；
鲸鹏游霄海，燕雀借桐梧；顾瞻夫子庙，棂几止一隅；
举头面王陆，散步对程朱；发愤慕贤哲，志以去下愚；
薄海宗至圣，敢亦效区区；蚊雷知细响，责以尽匹夫。

宫墙聚图籍，借此饶幽独；三匝绕泮池，低回亦卓荦；
闭户小桃源，年年欢剥啄；且乐此中人，人人多抱朴；
端溪穿凤尾，忘我临摩数；老缶与冬心，五十绘情笃；
我亦乐其中，知非始驰逐；兀兀以穷年，所以行吾乐；
聊以肆微勤，遑知完大璞；亦以写性情，敢云耄而学。

乃我诸师友，盛筵以见招，云是棲迟久，以此慰征轺；
是日高朋满，穆穆而夭夭；相继投珠玉，或比傅真侨；
有云书狼藉，想见素师蕉；天池青藤笔，尔亦惯摹描；

征往豫知来，并世或寥寥；秉心无尘物，抗志在云霄；
中原逢丧乱，风雨复哓哓；宠锡何过情，似将朽木雕。

愚柔夙成性，人一已虽百；华发已满头，学养无长策；
戚戚怀今古，茫茫望邻峄；四科日益分，众说日益赜；
生面开六经，拳拳岂有益；久淡湖海情，只剩烟霞癖；
春来惭桃李，岁暮愧松柏；尺蠖已归真，寸驹况过隙；
欲报潭水情，仰视长空碧。差喜形犹寄，庇荫满绿天。

起视书案中，仍悬万毫巅；艺游八六法，兴逸尚能专；
泼墨不手战，驱笔尚规圆；笺素生蹈舞，得鱼乃忘筌；
欣欣以终日，自戏管铜椽；只此答高义，庶几长周旋；
遍挂门墙壁，共以乐陶然；书空此咄咄，永结人间缘；
行见大同世，唱和自年年。

后　记

一、所录赠诗从六十岁起到八十岁止。

二、内中录诗以见赠前后为序。

三、赠诗师友知别号者书别号，不知别号者书名。

四、各诗今日才付梓出版，抱歉无似。

五、赠诗洼章日久，稿有逸名逸篇逸句一时无能查补，只得印上，尚祈见谅。

柯璜补志

柯善文、崔玉婧整理点校

图书在版编目（CIP）数据

柯璜手订师友赠诗录／柯璜等著. —太原：三晋出版社，2013.4

ISBN 978-7-5457-0727-4

Ⅰ.①柯… Ⅱ.①柯… Ⅲ.①诗集—中国—当代 ②诗集—中国—当代 Ⅳ.①I226

中国版本图书馆CIP数据核字（2013）第057896号

柯璜手订师友赠诗录

著　　者： 柯　璜
责任编辑： 任俊芳
助理编辑： 董润泽
责任印制： 李佳音

出 版 者： 山西出版传媒集团·三晋出版社（原山西古籍出版社）
地　　址： 太原市建设南路 21 号
邮　　编： 030012
电　　话： 0351-4922268（发行中心）
0351-4956036（综合办）
0351-4922203（印制部）
E－mail： sj@sxpmg.com
网　　址： http://sjs.sxpmg.com

经 销 者： 新华书店
承 印 者： 山西嘉祥印刷包装有限公司

开　　本： 787mm×1092mm　1/32
印　　张： 8.625
字　　数： 200 千字
版　　次： 2013 年 9 月　第 1 版
印　　次： 2013 年 9 月　第 1 次印刷
书　　号： ISBN 978-7-5457-0727-4
定　　价： 20.00 元